【悲報】お嬢様系底辺ダン 配信者、
配 を、

Hirotaka Akagi
赤城大空
illustration 福きつね

Contents

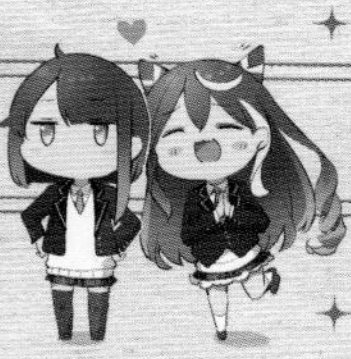

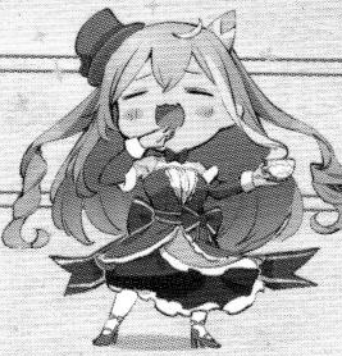

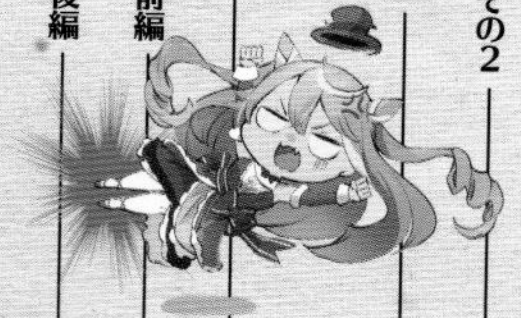

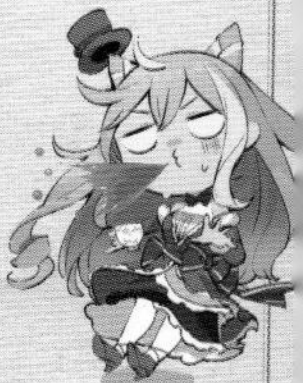

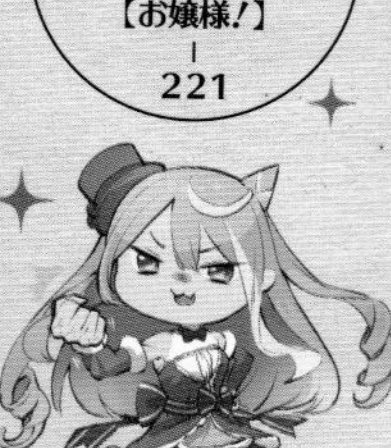

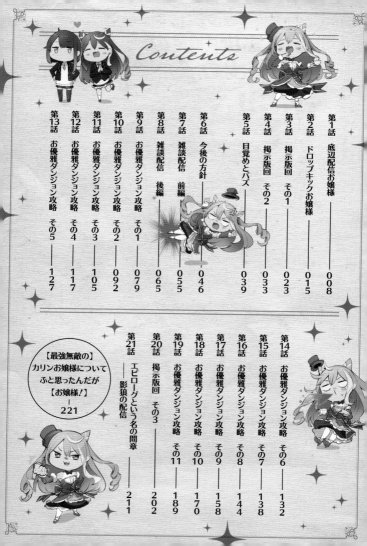

【悲報】お嬢様系底辺ダンジョン配信者、配信切り忘れに気づかず同業者をボコってしまう

赤城大空 Hirotaka Akagi

illustration 福きつね

Characters

山田《やまだ》カリン

16歳の女子高生
ダンジョン配信者。

佐々木《ささき》真冬《まふゆ》

カリンの友人。
クールなアドバイザー。

影狼《かげろう》砕牙《さいが》

迷惑系ダンジョン配信者。
若手では最強格。

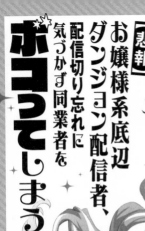

▼第1話　底辺配信お嬢様

「はぁ……いつもどおり、チャンネル登録者はもちろん、同接さえ伸びませんわねぇ」

ダンジョン配信者——山田《やまだ》カリンの呟きがダンジョンの薄闇に木霊《こだま》した。

配信の最中にこんな愚痴をこぼすなんて本来はあまりよろしくない。

しかし問題はない。なぜならいまこの生配信を見ている者はゼロ人。

いわゆる同時接続者数《同接》ゼロと呼ばれる状態だからだ。

「こんなことでは、憧れたあの方にはいつまで経っても届きませんわね……」

スマホに表示される無慈悲な同接ゼロの数字に、何度目とも知れない溜息《ためいき》が漏《も》れた。


ダンジョンというファンタジーの産物が世界《現実》中に突如現れて数十年。

当時は随分と混乱が起きたようだが、そんな騒乱もいまは昔。

法整備などが進んだいまではダンジョン探索者も立派な職業のひとつとなり、その刺激的な世界を題材にした「ダンジョン配信」は数ある配信のなかでも指折りの人気ジャンルとなっていた。

ときに死人も出るダンジョン配信は批判の的になることもある。

だがその配信ジャンルが規制されることはなく、むしろ国から推奨されていた。

ダンジョンに潜ることで不思議な力を身につける探索者の数やダンジョン素材の産出量は国力に直結する。探索者の母数を増やしたい国にとって、ダンジョンへの憧れを煽《あお》る存在はなんであれ大歓迎だったのだ。

その方針は配信者という存在が生まれるずっと前から同様で、探索者を題材にした創作物が国の主導でいくつも作られたほど。もちろん国の後押しに関係なく、突如現れたダンジョンという存在は多くの創作者を引きつけた。

そんな情勢で数多《あまた》の名作が生まれ続けるなか、山田カリンがハマったのはとあるアニメ作品だった。

特に彼女の心を熱く照らしたのは、優雅に可憐にモンスターをなぎ倒すお嬢様キャラ。寂しくてひもじかった小学校時代のカリンが前を向くきっかけとなった憧れの存在だ。


（私もあんな風になりたい）


そう強く思ったカリンはまず口調や服装を模倣。

憧れのお嬢様に近づけるよう命がけのダンジョン攻略にも精を出した。

そしてそんなある日、カリンは「ダンジョン配信者」という存在を知ったのだ。

画面越しにダンジョンを攻略し視聴者に元気を与える、あの日憧れたキャラクターたちに最も近い存在。

『これですわ！』

天職だと思った。

ゆえにカリンは友人にも相談し、なけなしの資金で機材を揃えてすぐさま配信者デビューしたのだ。

だがチャンネル開設から早一年。

現実は漫画やアニメのように上手くはいかなかった。

探索者としての才能は、正直あると思う。なにせいまカリンは下層と呼ばれる危険な領域をソロで進んでいるのだ。高校生、それもわずか十六歳でここまでやれる者はほぼいない。

けれどそんな才能と反比例して、配信のほうはさっぱり伸びなかった。

チャンネル登録者数三人。同接平均は圧巻のゼロ。底辺も底辺の泡沫《ほうまつ》配信者である。

カリンのチャンネルコンセプトは「お優雅なダンジョン攻略」。

あの日憧れたキャラクターのように、優雅に美しくダンジョンを攻略していくという方針だ。

ゆえに下層攻略であろうと被弾はゼロ。髪にも服にもモンスターの攻撃をかすらせず、「お優雅」にダンジョンを進んでいるのだ。我ながらそれなりに凄いことをしているとカリンは思う。

にもかかわらずチャンネルがまったく伸びない理由があるとすれば――。

「っ！　視聴者ですわ！」

カリンは目を見開いた。じーっと睨《にら》んでいた同接ゼロの数字が一に変化したのだ。

「わ、わ、わたくし今年で十六の山田《やまだ》カリンと申しますの！　いまは下層をお優雅にソロ攻略している最中ですわ！」

この視聴者を必ず固定客にしてみせる。

カリンは自己紹介しつつ、張り切ってその拳《こぶし》を振るった。

迫り来るモンスターの攻撃をすべて完璧に回避し、一匹残らず〝お優雅〟に殴り殺す。

すると、

「っ！　コメントですわ！」

今日の配信ではじめて動きのあったコメント欄。

な、なにか面白いレスポンスをしないと！　とカリンはさらに張り切る。が、

〝まーた生配信風のフェイク動画かよ〟

「え」

〝コメントに反応してるってことは背景だけいじってるタイプか〟

〝騙《だま》すならもっと上手くやれよ。希少品の浮遊カメラ視点じゃなくてボディカメラ視点にするとか。また時間無駄にしたわ〟


「ち、違いますの！」

うんざりしたように連投されるコメントにカリンは叫ぶ。

「たまにやってこられる視聴者にはよく疑われるんですが、この動画は本物で！　カメラも懸賞でたまたま質のいい中古品が――あ」

カリンの言葉は途中で途切れた。

同接ゼロ。もうなにを言っても決して届かない。

「あ、ああああ～」

カリンは情けない声を漏《も》らしてその場にしゃがみ込んだ。

フェイク動画。

この手のコメントはいままでにも何度かあった。

ＡＩ技術やらの発達によって、最近は高精度の偽動画も作りやすくなっているのだ。

いまでは視聴者数稼ぎなのかダンジョン配信者潰しなのか、そういう偽動画を生配信に見せかけて流す不届き者も珍しくない。

もちろんちゃんと見れば素人でも作り物かどうかは比較的簡単に見抜けるのだが……無数

のフェイク動画をいちいちチェックする物好きはそう多くない。

「ましてやこんな過疎配信ではなおさら……それとも」

カリンは自らが身に纏《まと》うフリフリドレスを見下ろした。

「やっぱりこの服装がいけませんの……？」

憧れのキャラクターを模した優雅なドレス。

しかしそのダンジョン攻略にふさわしくない〝お優雅〟な服装が原因で、カリンの生配信はネタ重視のフェイク動画だと思われやすくなっている節《ふし》があった。

身バレとかいうのを防ぐために比較的人の多い上層や中層では別の格好をしており、このドレス姿が画面越しでしか目撃されていないこともフェイクを疑われる要因だろう。

となると視聴者数を伸ばすには一度このお優雅コンセプトを見直してみる必要が――。

「い、いやいや、それでは意味がありませんの！」

自分がなりたい配信者とはただの人気配信者ではなく、あの日憧れたキャラクターのように優雅な戦いでみんなに元気を与えられる配信者だ。

そこを見失ってはダンジョン配信者を目指した意味がない。

もちろん場合に応じたテコ入れや視聴者のニーズに応えたチャンネル運営はしていくつもりだが、〝お優雅なお嬢様〟は山田《やまだ》カリンの根幹。

その一番わかりやすい記号であるドレスを脱ぐわけにはいかなかった。

それに、コスプレ装備でチャンネルを伸ばしているダンジョン配信者だってちゃんといるのだ。もっと魅せるダンジョン攻略を意識したり、トーク力を磨いたり、改善すべき点はまだあるはず。

自暴自棄になって自らのアイデンティティをないがしろにするにはまだ早かった。

「……といっても、配信を始めてもう一年。すでに色々と試行錯誤してこの有様なのですけどね……」

自虐しながらカリンは大きな溜息《ためいき》を吐く。

「はぁ……。やっぱり向いていないのかしら、わたくし……」

まだまだ夢を諦めるつもりはない。

だがここまで成果がないとなると、ふとそんな弱音も漏《も》れてしまう。

「まあ今後どうするかはあとで考えるとして、とりあえず今日はもう終わりですわね。お腹も空いてきましたし……。それでは皆様、乙カリンですわ～。……はぁ、わたくしは一体誰に挨拶《あいさつ》しているのやら」

がっくりと首を折り、同接ゼロの表示をどんよりと見下ろしながらやる気のない挨拶《ひとりごと》を漏らす。どれだけやる気がないかといえば、「これちゃんと配信切れてますの？　……まあいいですわ。どうせ誰も見てないなら同じことですし」と懐《ふところ》にしまったカメラとスマホの扱いも適当なくらいだ。

まあこれまで何度も同接ゼロにふてくされて操作が適当になることはあったがいつもちゃんと切れていたし大丈夫だろうと、迫り来るモンスターを気晴らしに撲殺《ぼくさつ》しながら帰路につく。

そうしてカリンが中層にほど近いエリアに差しかかったときだった。

「そんじゃいまから点火すっからな。『そんなことする度胸あるわけない』とか言ってたアンチども、見てろよ～」

ニヤニヤとした笑みが想像できるような声が、ダンジョンの薄闇の向こうから聞こえてきたのは。

▼第２話　ドロップキックお嬢様

男はカリンからまだかなり距離がある位置におり、ダンジョンの頑丈な壁に向かってなにやら呟いていた。

「はあ？　ほかの冒険者への迷惑？　俺様を誰だと思ってるわけ？　二四歳で下層ソロ攻略を達成した影狼砕牙《かげろうさいが》様よ？　湧いたモンスターとか全部ワンパンで刈り尽くすっつーの。お前らと違って後処理もちゃんと考えてっから。つーかそもそも魔物群暴走《スタンピード》とかのイレギュラーも想定せず下層に潜るヤツがアホなだけ。そんじゃいまからダンジョン壁を爆破しま～す」

誰かをせせら笑うような、バカにするような口調。

だがそんな独り言は大した問題ではかった。

男が手に持っていた火種。それに照らされた紅色の石。

「え」

遠距離からでもその存在をはっきり視認したカリンはぎょっと目を見開いた。

なにせそれは、カリンでも知っている危険物だったのだ。

爆炎石。

火種さえあれば少量でも絶大な威力を発揮する、数年前に新しく見つかったダンジョン産の希少鉱物。堅牢な甲殻を持つ巨大モンスターでさえ容易《たやす》く吹き飛ばすそれはしかし、ひとつの大きな欠点があった。爆発とともにまき散らされる匂いが大量のモンスターを呼び寄せ凶暴化させるのだ。

ダンジョン庁がボス部屋以外での使用を控えるよう繰り返し呼びかけており、色々と世情に疎いカリンでも知っているほどの危険物。

そんなものがいままさにダンジョン下層で爆破されようとしていると気づいたカリンは次の瞬間、

「なにやってんだてめぇオラアアアアアアアアア！」

「は？　ぶおっほおおおおおおおおおおおおおおおおお!?」

ドッゴオオオオオオン！

爆速のドロップキックをかましていた。

緊急時でもないのに下層で爆炎石に着火するなどテロリストまがいの狼藉者《ろうぜき》に違いない。そうでなくともいまのカリンは自分の配信をフェイク呼ばわりされた挙げ句圧巻の同接ゼロで気が立っていたのだ。

着火寸前で一刻の猶予もなかったこともあり、彼我《ひが》の距離を一瞬でゼロにする超速度で情け容赦《ようしゃ》なく蹴り飛ばす。

「てめえなに考えてんですの!?　下層で爆炎石なんて危ねえだろ脳みそ詰まってんですのオオン!?」

あまりのことにお嬢様言葉を乱しながら、爆炎石を取り落として壁に叩きつけられた男の胸ぐらを掴む。

「っ!?　ごほっ!?　がはっ!?　な、なにが!?　な、なんだてめぇいつの間に!?　不意打ちなんざかましやがって俺を誰だと――」

「誰だろうが関係ねえですわ！」

ボゴォ！

「ぐはあああっ!?」

カリンの頭突きに男がまた悲鳴をあげる。

命の危機を感じたのか、男は「てめ……っ!?」と完全な臨戦態勢で武器を握った。が、

「まだ抵抗する気ですの!?」

ドゴオン！

「がっはああああああっ!?」

男が武器を繰り出すより遥かに早くカリンの腹パンが炸裂した。

あまりの衝撃に男は武器を取り落とすのだが、直前に殺気を感じていたカリンは止まらない。

「こんなバカなことして！　あなた成人してますわよね!?　お股を痛めて生んでくれたお母様に申し訳ないと思わねぇんですの!?」

ドゴォ！　バチィ！　ベシィ！　ドゴォ！

腹パン、往復ビンタ、さらに膝蹴《ひざげ》り。

お説教をかますカリンの打撃がひたすら男に叩き込まれること数秒。

「あら?」

「……」

気づけば男は完全に気絶しており、カリンはふと我に返った。

「ちょっとやりすぎてしまいましたかしら……。ええと、この方も応急薬くらい持ってるでしょうしそれを使って……って、わたくしの腹パンで壊れてしまった一本だけ!?　ちっ、成人探

索者のくせにしけてますわねぇ」

男の纏《まと》う魔力から応急薬の破損を読み取ったカリンは溜息《ためいき》を吐いた。

「仕方ありませんわ。お詫びも兼ねてわたくしの持つなけなしの一本を少しだけお分けしますの」

吹っ飛んでいった爆炎石を回収してからカリンは男に応急薬を一口だけ飲ませる。

「それにしても……普通に止めるだけのつもりでしたのに気絶してしまうなんて。下層にいるならこのくらいの攻撃耐えられるでしょうに、随分と弱いんですわね。……ん？　弱い？」

と、そのとき。

冷静さを取り戻したカリンはふとある可能性に気づいた。

なんだか随分と弱い男。さらには爆炎石を下層で着火するという頭のおかしい行為。

「あ、あれ？　まさかこれ、なんらかのイレギュラーで下層に迷い込んで錯乱《さくらん》してらしただけとか……？」

カリンの全身からサッと血の気が引いた。

「そ、そうですわ。よく考えたら仮に炎上目的？　とやらでもここまでおバカなことするはずがありませんし、ここは中層も近いエリア。こ、この方きっと中層からの迷子ですわ!?　だ、だとしたらいくら爆炎石を爆破しようとしていたとはいえ、悪い事をしましたの！」

カリンは慌ててなけなしの応急薬を男に全投与。

とはいえ応急薬はすぐさま傷を治せるものではないし、加えてダメージが大きいのか男はまったく目を覚ます気配がない。

「や、やっちまいましたわ！」

男を抱えたカリンは大慌てでダンジョンを脱出。

ダンジョン入り口の守衛さんに男を介抱するよう頼み、同業者をボコってしまった経緯を必死で説明した。

が、物証の爆炎石も提出したのになぜかカリンの話は適当に流されお咎めもなし。

気づけばカリンはボコった男とともに救急車で病院に運ばれており、結果医者からは「怖いくらいに健康」「錯乱してるって聞いたんだけど……君なんで来たの？」「十六歳女性の健康体サンプルに使っていい？」と診断。「解《げ》せませんわ……？」と首を捻りながら何事もなく帰宅することになった。

「なんだかよくわかりませんけど……同業者ボコについてお咎めなしということは問題なかったということでしょうし……大丈夫ですわよね？」

無事帰宅したカリンは遅くなった夕飯を食べながら小さく漏《も》らす。

「けど配信を切ったあとでよかったですわね。仕方がないとはいえ乱暴な止め方になってしまったのは確かですし……あまりのことにちょっと言葉が乱れてお優雅なわたくしのイメージが壊れてしまう場面が多々ありましたもの」

まあそもそも同接ゼロだったので配信を切っていようが切っていまいがあまり関係なかったでしょうが……まあなんにせよ結果オーライですわ。

そんなことを思いつつ、カリンは色々あった気疲れと安堵で帰宅後すぐ眠りにつくのだった。

――だがこのとき、カリンはまったく気づいていなかった。

〝なんだあのチンピラお嬢様!?〟

〝若手最強の影狼《かげろう》が一方的にやられたんだが!?〟

〝てかなんで下層にドレス!?〟

〝頭おかしいのではなくて!?〟

迷宮壁を爆破しようとしていた男が界隈で有名な迷惑系配信者『影狼』であり……彼が装着していたカメラが奇跡的にまだ生きていたこと。爆炎石爆破未遂という特級炎上行為によって万単位の同接を記録していた男のチャンネルで一部始終がしっかり配信されており、最終的に数万どころでは済まない同接を記録して切り抜き動画がすぐさま数百万再生を突破したこと。

そしてカリンのほうも配信が上手く切れていなかったためにチャンネルがすぐさま特定されネットが祭りになっていることなど。

すやすやですわ！　と爆睡《ばくすい》するカリンはまだ知らない。

【悲報】迷惑系配信者ゲロ野郎こと影狼、ついに一線を越える

1　通りすがりの名無しさん
ヤバイだろあいつ

2　通りすがりの名無しさん
今度はなにしたのあのゲロ

3　通りすがりの名無しさん
したっつーかやろうとしてる

4　通りすがりの名無しさん
『爆炎石で下層のダンジョン壁を爆破してみた』
って生配信やってんだよいま

5　通りすがりの名無しさん
は?

6　通りすがりの名無しさん
爆炎石ってヤバイ威力と引き換えに
モンスター集めたり凶暴化させる匂い出すアレだよな?

7　通りすがりの名無しさん
そ。国から注意喚起が出てるやつ

8　通りすがりの名無しさん
ボス部屋以外で使ったら厳罰じゃなかったか?

9　通りすがりの名無しさん
いや、いまは注意喚起だけで罰則規定はまだ
法整備される前に、ってことじゃね?

10　通りすがりの名無しさん
いくら下層にほとんど人がいないからってありえんだろ

11　通りすがりの名無しさん
あいつ本気でヤバすぎ。今度こそ逮捕じゃね？

12　通りすがりの名無しさん
無理無理。上にもあったけどいまはまだ
違法行為じゃないし
道義的には完全アウトだけど

13　通りすがりの名無しさん
ダンジョン産出物に法整備が追いついてない一例だな

14　通りすがりの名無しさん
最近じゃそう頻繁に未知の素材が出るわけじゃない
とはいえ立法はどうしても時間かかるからなぁ

15　通りすがりの名無しさん
あのゲロ、そういうとこほんまズル賢いわ

16　通りすがりの名無しさん
これまでの炎上動画も色々と逃げ道作ってるしな

17　通りすがりの名無しさん
あいつ自身若手最強クラスの探索者だから
力ずくで止められるヤツもほぼいないし

18　通りすがりの名無しさん
所属クランがあのブラックタイガーってのもでかいよな
ダンジョン庁のアドバイザーやってて政治力あるし実力
も国内で1、2を争うレベル。どうせ今回もお咎めなしだろ

19　通りすがりの名無しさん
こんなんだからダンジョン後進国とか言われんだよなぁ

20　通りすがりの名無しさん
ゲロのチャンネル登録してるバカも同罪

21　通りすがりの名無しさん
スパチャ投げて迷惑行為煽ってるヤツなんか特にな
どういう神経してんだマジで

22　通りすがりの名無しさん
まあでも今回は登録者数が露骨に減ってきての
暴挙みたいだからな。
結局はあいつ個人が一番悪いわ

23　通りすがりの名無しさん
光姫様に爆速でチャンネル登録者数抜かれて
焦ってんだろうな

24　通りすがりの名無しさん
ゲロより遥かに若くて将来有望、初心者にも優しい
攻略情報解説の美少女配信者……。勝ち目ゼロですわ

25　通りすがりの名無しさん
成人男性が現役女子高生に嫉妬とかさぁ

26　通りすがりの名無しさん
チャンネル登録者数増えたら調子に乗るし減ったら
ヤケ起こしてもっと過激なことするし
どうすりゃええねんあのゲロカス

27　通りすがりの名無しさん
まあ結局はいろんな意味で力のあるヤツが
好き勝手できるってことだな。胸クソ悪い

28　通りすがりの名無しさん
とりあえずなんかあったときの証拠として
配信映像保存しとくわ

29　通りすがりの名無しさん
まあいまはそれしかできんわな

30　通りすがりの名無しさん
それで視聴者数にカウントされるのは癪だけどまあしゃーない

187　通りすがりの名無しさん
【急報】影狼、突如現れたチンピラお嬢様に
フルボッコにされる

188　通りすがりの名無しさん
???

189　通りすがりの名無しさん
意味わからんのだが??

190　通りすがりの名無しさん
ゲロの生配信切り抜きがあがりまくってるから見てこい。
ヤバイぞ

191　通りすがりの名無しさん
クソワロタwwwww

192　通りすがりの名無しさん
お股を痛めて生んでくれたお母様のくだりで
耐えきれなかった

193　通りすがりの名無しさん
情報量が多すぎる……

194　通りすがりの名無しさん
切り抜きの再生数エグくて草

195　通りすがりの名無しさん
待て待て。よくあるフェイク動画じゃないのかこれ??

196　通りすがりの名無しさん
最近はAIの発達でフェイクの精度も凄いしな
生配信って体《てい》でフェイク流してるのもあるくらいだし

197　通りすがりの名無しさん
フェイク動画はクセがあるから結構わかりやすいぞ

198　通りすがりの名無しさん
フェイク診断ツールもあるから検証してみろ。
これマジの動画だよ
ちな俺は診断ツールの不調を疑って何種類も試した

199　通りすがりの名無しさん
実力だけなら若手最強格のゲロが一方的に
殴り殺されたんですがこれは……

200　通りすがりの名無しさん
い、いや一方的っていっても不意打ちによるものだし……

201　通りすがりの名無しさん
>>200　おはゲロ。言い訳なんて見苦しいぞ

202　通りすがりの名無しさん
ダンジョンで神経尖らせてるトップランカーに
不意打ちかませるだけで十分バケモノ定期

203　通りすがりの名無しさん
つーか不意打ちだったのは最初の一発だけだしな
ゲロも途中から普通に応戦試みてたのになにもできず
ボッコボコやぞ

204　通りすがりの名無しさん
動き速すぎてわかりにくいけどゲロのほうは武器出してたしな

205　通りすがりの名無しさん
草。飯が美味すぎる

206　通りすがりの名無しさん
いやこれはさすがに……フェイクじゃないならヤラセ
じゃねえの？ 俺もゲロは嫌いだがこいつが一方的に
やられるとかありえんだろ

207　通りすがりの名無しさん
国内トップクランのブラックタイガーに
喧嘩売るようなもんだしな……

208　通りすがりの名無しさん
いやいくらチャンネルが落ち目でも無駄にプライド高い
ゲロがこんなヤラセしないだろ

209　通りすがりの名無しさん
それは確かに

210　通りすがりの名無しさん
え、じゃああの謎のチンピラお嬢様はマジで
野生のチンピラお嬢様なの？

211　通りすがりの名無しさん
キレたナイフすぎる……

212　通りすがりの名無しさん
新種のモンスターとか言われたほうがまだ納得できるんだが？

213　通りすがりの名無しさん
つっても言ってることは普通にまともよこのお嬢様
初手爆速ドロップキックからの殺人往復ビンタ（？）と
腹パン膝蹴り（？）でゲロを一方的にボコってるのが
おかしいだけで

214　通りすがりの名無しさん
いや待て。お説教は概ね正しいこと言ってたけど、
ゲロをクソ雑魚扱いしてたり発言もちょいちょい
まともじゃないぞこの子

215　通りすがりの名無しさん
しまいにはゲロを迷子扱いだしなww

216　通りすがりの名無しさん
つーか今更なんだがなんでダンジョンにフリフリドレスなんだこのチンピラお嬢様

217　通りすがりの名無しさん
ちな、影狼がお嬢様と遭遇したのは下層の模様

218　通りすがりの名無しさん
ふぁ!?

219　通りすがりの名無しさん
下層はパーティを組んで行く場所であってパーティ会場ではないんだが……？（震え声）

220　通りすがりの名無しさん
下層ってダンジョン出現初期は軍隊精鋭がフル装備で敗走した魔境やぞ……

221　通りすがりの名無しさん
そういや何年か前に新宿ダンジョンの中層でバット持ったドレスの女を見たって噂があったような……

222　通りすがりの名無しさん
新手の怪異かな?

223　通りすがりの名無しさん
まあ昔の噂はいいとしてこのお嬢様は何者だよマジで……ホントに実在するのか？

911　通りすがりの名無しさん
おいお前ら！　なんか謎のチンピラお嬢様の配信チャンネルが見つかったらしいぞ！

912　通りすがりの名無しさん
配信者!?

913　通りすがりの名無しさん
『ナチュラルボーンお嬢様・山田カリンのお優雅なダンジョン攻略』ってチャンネルだな　→　URL

914　通りすがりの名無しさん
マジやんけ!?

915　通りすがりの名無しさん
は???　女子高生???　16???　ソロ攻略オンリー??????

916　通りすがりの名無しさん
もうとっくに万越えしてるから誰も信じてくれんだろうが、
俺が見つけたときは登録者3人とかだったぞこれ

917　通りすがりの名無しさん
ゲロを一方的に殴り殺せる逸材(16歳)が1年以上
埋もれてたってマジ?

918　通りすがりの名無しさん
これはダンジョン後進国

919　通りすがりの名無しさん
ね、ねぇ……このお嬢様ドレスにすら攻撃かすらせず
モンスターボコってない……?

920　通りすがりの名無しさん
さすがにこの過去動画はフェイクだよな……?　な?

921　通りすがりの名無しさん
いやガチ動画だよこれ……（二回目）

922　通りすがりの名無しさん
えぇ……（ドン引き）

923　通りすがりの名無しさん
自分をお嬢様だと思い込んでるフィジカル異常者

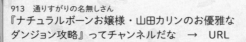

924　通りすがりの名無しさん
これはゲロを殴り殺せますわ

925　通りすがりの名無しさん
さっきからナチュラルにゲロ殺されてて草

926　通りすがりの名無しさん
この子が個人勢ってマジ？
ドレスってのがなんか企業系臭くないか？

927　通りすがりの名無しさん
思った。企業のコスプレ配信者グループみたいなのもあるしな

928　通りすがりの名無しさん
じゃあやっぱ大手事務所の仕込みじゃねえの？
さすがにできすぎだろ

929　通りすがりの名無しさん
エアプ乙
あのアイドル売り連中は上層メインだぞ
コスプレっつっても動きやすさ重視のちゃんとした装備だし
ドレスなんてバカみたいな格好1人もおらん

930　通りすがりの名無しさん
そして繰り返しになるけどお嬢様が出没したのは
ゴリゴリの下層

931　通りすがりの名無しさん
やっぱ新手の怪異だってこれ！

932　通りすがりの名無しさん
そういえばこれお嬢様もゲロも配信切れてないよな？

933　通りすがりの名無しさん
どっちも画面真っ暗で音声しか拾ってないけどな

934　通りすがりの名無しさん
いまお嬢様がゲロ背負ってダンジョン進んでるっぽいし
ボディカメラ隠れてんのかな

935　通りすがりの名無しさん
つーかもうちょいで1000いくじゃん。
早めに次スレ立てるわ

936　通りすがりの名無しさん
ﾄﾝｸｽ
スレ乱立しまくってるからリンク忘れずにな

【ナチュラルボーン】チンピラお嬢様総合スレ3【お嬢様ですわ】

122　通りすがりの名無しさん
どこもかしこもスレ消費早すぎて草

123　通りすがりの名無しさん
こんだけスレ乱立してててこの速度はヤバイ

124　通りすがりの名無しさん
そりゃあんな衝撃映像が流れてくればな……

125　通りすがりの名無しさん
そういや影狼の配信機材、なんか途中で壊れたっぽいな
音声しか拾ってない

126　通りすがりの名無しさん
むしろあのミサイルドロップキックと腹パンの衝撃食らって
まだ動いてるのが奇跡

127　通りすがりの名無しさん
やっぱそれなりに高級品使ってるんやろな

128　通りすがりの名無しさん
お嬢様の切り忘れはカメラをしまって音声のみに
なってるっぽいし、影狼のほうもお嬢様に背負われて
カメラ部分が隠れてる可能性もある

129　通りすがりの名無しさん
お嬢様はいまゲロ背負ってダンジョン脱出中か
音声だけでも「やっちまいましたわ！」ってちょいちょい
聞こえてきて面白いの草

130　通りすがりの名無しさん
ん？　なんかお嬢様が会話してない？ ゲロ目覚めた？

131　通りすがりの名無しさん
いやこれダンジョン入り口の守衛さんとお嬢様が
話してないか……？ ちょっと音拾いづらいけど

132　通りすがりの名無しさん
は？　お嬢様もうダンジョン出てる？

133　通りすがりの名無しさん
脱出早すぎて草。どうなっとんねん

134　通りすがりの名無しさん
成人男性抱えてるんじゃないの!?

135　通りすがりの名無しさん
いくら探索者の身体能力が人並み外れるとはいえこれは……

136　通りすがりの名無しさん
ゲロの体重キティちゃんと同等説

137　通りすがりの名無しさん
あの悪人面でりんご3個分の体重は草

138　通りすがりの名無しさん
お嬢様これ守衛さんに事のあらまし全部正直に
話してるっぽいな？

139　通りすがりの名無しさん
守衛さんお嬢様の言葉欠片も信じてねぇwwww

139　通りすがりの名無しさん
なんらかのイレギュラーと遭遇したお嬢様を
ゲロが相打ちで救ったと思ってるぞこれww

141　通りすがりの名無しさん
ゲロがそんなことするわけないって守衛さんらも
知ってるだろww 仕事しろwww

142　通りすがりの名無しさん
じゃあお前ドレス着たお嬢様がゲロを無傷でボコって
ダンジョン下層から担いできたってのと
ゲロが女助けるって話ならどっち信じる?

143　通りすがりの名無しさん
俺が悪かった

144　通りすがりの名無しさん
ぐう正

145　通りすがりの名無しさん
ちゃんと謝れて偉い

146　通りすがりの名無しさん
お嬢様正直に話してるのにイレギュラーに見舞われて
錯乱してると思われてるの草すぎる

147　通りすがりの名無しさん
そら（ダンジョンからボッコボコの一線級探索者抱えた
ドレスの女が出てきてわけわからんこと言ってたら）そうよ

148　通りすがりの名無しさん
ダンジョンからドレスで出てくる時点で絶対に
正気じゃないしな……

149　通りすがりの名無しさん
ゲロだけじゃなくてお嬢様のぶんの救急車も
呼ばれてるのほんま草

150　通りすがりの名無しさん
まあ守衛さんがドレスに見覚えなさそうってことはわざわざ
ダンジョン内でドレスに着替えてるのほぼ確定だし
怪我はなくても（頭の）治療は必要だよね……

151　通りすがりの名無しさん
それはそう

152　通りすがりの名無しさん
にしても正直に話した結果適当にあしらわれてるお嬢様は
マジで草だわ。守衛さんの対応が完全に酔っ払いとか
相手にしてる駅員さんなんよ

153　通りすがりの名無しさん
守衛さんもまさか目の前のお嬢様がマジでゲロ
殴り殺したとか夢にも思わんだろうからな…

154　通りすがりの名無しさん
守衛さんあとでネット見て度肝抜かれるやろww

155　通りすがりの名無しさん
あ、ちょうどツブヤイターで『チンピラお嬢様』が
トレンド1位

156　通りすがりの名無しさん
ほんまやんけ！

157　通りすがりの名無しさん
草

158　通りすがりの名無しさん
トレンド5位の『お股を痛めて生んだゲロ』は反則だろww

159　通りすがりの名無しさん
上から出すのか下から出るのかはっきりしろ

160　通りすがりの名無しさん
ゲロがボッコボコに説教される切り抜き動画が
速攻100万再生いってて大草原

161　通りすがりの名無しさん
ゴールデンタイム投稿とはいえ早すぎやろww

162　通りすがりの名無しさん
どんだけ嫌われてんねんあいつww

163　通りすがりの名無しさん
100万回死んだゲロww

164　通りすがりの名無しさん
すぐ200万いくぞこれww

165　通りすがりの名無しさん
俺みたいにゲロの醜態周回しつつ拡散しまくってる
やつ多すぎww爆速にもほどがあるわ ww

166　通りすがりの名無しさん
てか笑いすぎて忘れてたけど改めて冷静に動画見返すと
ゲロがボコられてるのやっぱ信じられんな……
ちょっとした恐怖映像やろこれ（真顔）

167　通りすがりの名無しさん
マジでなんで埋もれてたんだこのバケモノお嬢様……

168　通りすがりの名無しさん
きょ、今日の劇的なデビューに備えてお嬢様囲ってた
大手クランか事務所がチャンネル伸びんようになんか
工作でもしてたんやろ……（陰謀論）

169　通りすがりの名無しさん
つってもやらせは他スレでも完全否定されてたしなぁ
プライドの塊なゲロはもちろん、ブラックタイガーも
所属探索者の格が下がるようなこと絶対させんだろっていう

170　通りすがりの名無しさん
ゲロとブラックタイガーへの負の信頼が凄い

171　通りすがりの名無しさん
日頃の行い定期

172　通りすがりの名無しさん
とはいえゲロ瞬殺クラスの女子高生が埋もれてたってのも
現実味がね……

173　通りすがりの名無しさん
他スレはもちろん、このスレでもやっぱりまだ
半信半疑の連中多いよな

174　通りすがりの名無しさん
あまりにもあんまりな出来事すぎてどこもお祭り騒ぎと
疑心暗鬼が渦巻くカオスで草なんよ

175　通りすがりの名無しさん
ぶっちゃけ守衛さんのガバ対応を1ミリもバカに
できないのが俺なんだよね

176　通りすがりの名無しさん
この疑心暗鬼が議論を加速させて余計に
盛り上がってるまである

177　通りすがりの名無しさん
あ、なんか影狼の配信終わったな
さすがに機材も限界か

178　通りすがりの名無しさん
お嬢様のほうもだな
こっちは充電切れかなんかで落ちたっぽい?

179　通りすがりの名無しさん
となると真偽のほどは明日以降の配信待ちかね

180　通りすがりの名無しさん
だな

181　通りすがりの名無しさん
めっちゃ楽しみだわ

182　通りすがりの名無しさん
明日の仕事頑張れそう

183　通りすがりの名無しさん
ワイも久々に快眠できそう
サンキューダンジョン一般通過チンピラお嬢様

▼第5話　目覚めとバズ

「完全に寝坊ですのおおおおおお！」

なぜか錯乱《さくらん》爆炎石男とともに病院へ放り込まれて「異常なし」と帰された翌朝。

ベッドから飛び起きた山田《やまだ》カリンは慌てて身支度をととのえていた。

「なんでアラームが鳴らなかったんですの⁉　ってスマホの電源切れてますわ⁉　充電はしてるのになんで……あ、そういえばあの錯乱男性を運んでいたときにやたらとスマホがうるせえから『それどころじゃねえですわ！』って電源切ってそのままだったような……」

昨日は同業者をボコって焦りまくっていたうえになぜか病院で色々と検査されるハメになり気疲れしたので、ご飯とお風呂を済ませたあとはそのままスマホをいじる間もなく眠ってしまった。そのせいでスマホの電源を切りっぱなしにしており、それが今朝の寝坊に繋《つな》がったらしかった。

「不覚ですわ……それにしても昨日はどうしてあんなにスマホがうるさかったのでしょう。まあどうせ迷惑メールやダンジョン探索グッズの告知でしょうけど」

ダンジョン探索者登録をしてると着信拒否できない宣伝メールがきて鬱陶《うっとう》しいですわねぇ。

金欠で買えもしないのに……と呑気《のんき》なことを思いながらカリンは身支度の傍らスマホに電源

を入れる。

ピピピピピピピピピ。


「ん？　電話？　って、真冬《まふゆ》ですの？　なんでこんな朝早くから……」

スマホに電源が入った途端鳴り響いた着信音にカリンは思わず手を止めた。

中学からの親友兼同級生である佐々木真冬の名前がそこに表示されていたからだ。

普通なら寝坊した朝の電話などいったんスルーなのだが……相手はカリンがダンジョン配信者になるにあたって色々と相談に乗ってくれた大親友。こんな朝早くから電話をかけてくるなど初めてということもあり、身支度しながらスピーカーモードで電話に出る。

「もしもしですわ？」

『あ、カリン。やっと出た。あんた凄いことになってるね。どうせすぐ学校で会うのにびっくりして思わず電話しちゃったわ。おめでとう』

「？　なんの話ですの？」

普段はドライな親友の声が珍しく弾んでいることもあって、カリンは怪訝《けげん》そうに首を傾げる。

すると電話口の真冬も「え？」と面食らったように声を漏《も》らし、

『え、ちょっと。スマホの電源が切れてるなぁとは思ってたけど、まさかあんた自分がいまどうなってるのか知らないの？　昨日からずっとネットチェックしてないとか？』

「ええ、ちょっと色々ありまして。ダンジョンから帰ってすぐにすやすやでしたの」

『なるほど……こんなことになってるのに私に電話してこないなんて変だと思ってたらそういうことだったか……』

「？　なんなんですの？」

『説明しても信じないだろうから、まずはスマホのホーム画面チェックしてみな』

「本当になんなんですの……？」

お嬢様へアーのセットには時間がかかるというのに、と思いつつカリンは電話を繋《つな》げたままスマホのホーム画面を表示した。途端、

「……………は？」

カリンは我が目を疑った。


タヌポンさんを含む１２０４人があなたを新たにフォローしました

配信者好きの夢女子さんを含む５００人があなたの呟きをいいねしました

子豚デストロイヤーさんを含む２５４３人があなたを新たにフォローしました

猫の奴隷さんを含む1589人があなたを新たにフォローしました

そんな通知内容がずらりと並び、信じがたいことにいまなお増え続けているのだ。

「え？　え？　ちょっ、真冬《まふゆ》!?　大型SNS《ツブヤイター》が壊れましたわ!?」

『壊れてないわよ。アカウント見てみな』

おふざけゼロの真冬の声。

それに従い恐る恐るフォロワー数二人の配信告知用ツブヤイターアカウントを見れば、

フォロワー数：30万2000人

フォロワー数が十五万倍になっていた。

「な、なんですのこれえええええええええええ!?」

『まあ端的に言うと、昨日のあんたの悪即殺の活躍がバズったのよ』

「え？　え？　え？」

混乱覚めやらぬカリンに、真冬が淡々と説明する。

カリンが昨日ボッコボコにした男は迷子の探索者などではなく、界隈では有名な迷惑系炎上配信者影狼《かげろう》だったこと。そしてその様子は配信中だった彼のカメラを介してばっちり世界中に配信されており、彼の蛮行を未然に防いだ様子が賞賛とともにバズりまくっていること。そのうえカリンのほうも配信が切れておらず、速攻でチャンネルが特定され一躍時の人になっていること等々。

あまりのことにカリンは相槌すら忘れて愕然《がくぜん》と声を漏《も》らす。

「な、な、本当なんですのそれ……？」

『ホントだって。ツブヤイター見てみなよ。トレンド一位だよあんたいま』

「ま、まっさかーですわ。――ぶほっ!?」

本当だった。

トレンド一位：山田《やまだ》カリン　呟き数十万

とんでもない数字とともに自分の名前が燦然《さんぜん》と朝のトレンドのトップを飾っている。

さらには「勧善懲悪お嬢様」「影狼ワンパン」「下層にドレス」といった関連ワードらしき単語も複数トレンド入りしており、カリンについて一体どれだけの呟きがなされているのか全容が摑めないほどである。

さらには、

「チャ、チャンネル登録者数四十万……!?」

それは最早カリンのキャパを遥かに超える数字だった。

昨日まで登録者三人だった泡沫《ほうまつ》チャンネルがいきなりダンジョン配信者中堅上位クラスまで数字を伸ばしているのだ。

しかもその数はいまも更新するたびに数百数千単位で増えていく。

砂漠で水を求めてさまよっていたところに津波が押し寄せてきたような事態に脳の処理が追いつかなかった。

現実味がまるでない。喜ぶより先に夢かドッキリを疑うのも仕方ない話だった。

だが、

『まあ私も最初見たときは自分の頭を疑ったくらいだから気持ちはわかるけどさ。とりあえず受け止めて、喜びなよ。ずっと頑張ってきたあんたの実力がついに日の目を見たんだからさ』

「ま、真冬《まふゆ》……」

親友に優しい声でそう言われて胸が熱くなる。

そうだ。あまりの事態にまだちょっと認識が追いついていないが、真冬の言うとおりずっと鳴かず飛ばずだった自分の配信がここまで注目されることになったのだ。

なんだか自分の実力というよりはその迷惑系配信者とやらを利用した棚ぼた感も否めないが……。なんにせよあの日憧れたキャラクターのように『優雅で可憐なダンジョン攻略で大勢の人に元気を与えられるお嬢様配信者』にはきっと大きく近づけたはず。

真冬の言うとおり少しくらい喜んでもいいのかもしれなかった。

と、人生で初めての事態にまだ少し混乱しながらそんなことを考えていたとき。

カリンは現状を受け入れるべく再び目を落としたツブヤイターのトレンドに、ふと不穏な単語を見つけた。

チンピラお嬢様

「え……なんですのこれ……？」

瞬間、頭をよぎるのは「昨日の出来事の一部始終が配信されていた」という真冬の言葉。

そして嫌な予感に駆られるままその単語をタップし、一番上に表示された三百万再生突破の人気動画を再生したところ――、

『なにやってんだてめぇオラアアアアアアアアアア！』

『お股を痛めて生んでくれたお母様に申し訳ないと思わねぇえんですの⁉』

『ちっ、成人探索者のくせにしけてますわねぇ』

「おぎゃあああああああああああああああああああああああ!?」

再生されるのは優雅とはほど遠いカリンの発言をまとめたショート動画。

緊急事態ということもってついつい発してしまったはしたない言葉の数々がボッコボコにやられる影狼《かげろう》とともに大拡散しており……あわせて上がっている類似動画のどれもが一晩で数十万再生を超えているという悪夢のような光景に、カリンの口から絶叫が迸《ほとばし》った。

▼第6話　今後の方針

「真冬《まふゆ》ー！　なんなんですのこれー!?」

「ああ、そのチンピラお嬢様動画、私も爆笑したわ。そりゃバズるよね」

「そりゃバズるよね、じゃありませんわ!?」

自らの蛮行動画がバズっているネットの惨状にぶっ倒れたあと。

探索者特有の回復力ですぐに目を覚ましたカリンは寝坊したぶんを巻き返すほどの爆速で登校。配信時と違って髪の色が黒いにもかかわらずちらちら集まる周囲の視線に「あうあう」とカバンで顔を隠しながら、ホームルームが始まる前の教室に飛び込んでいた。

都内にあるごく普通の公立校。

その教室の隅に座っているのは佐々木真冬。

肩の辺りで切りそろえた艶のある黒髪が特徴的な美少女である。

ときに氷のようだとも例えられるその近づきがたい雰囲気の美人に、しかしカリンは遠慮なく駆け寄った。

『お優雅で可憐なお嬢様』とはほど遠いチンピラムーブが面白おかしく拡散されているネット。その惨状が映るスマホを指さし真冬へ泣きつく。

「ど、どうにかなりませんのこれ⁉」

「なるわけないじゃん。ま、諦めなよ。ネットに流れた画像や動画は回収不可能。ましてやこれだけバズった動画ともなれば消せば増えるどころかそもそも消せないし」

「うぅ、どうしてこんなことに……緊急事態でつい言葉が乱れてしまっただけですのに」

スマホを見下ろせば、件《くだん》の動画たちは平日にもかかわらずどんどん再生数が増えていく。

一番再生数の多いものだとすでに四百万再生を超えており、「チンピラお嬢様」という単語とともにトレンドに居座り続けていた。

山田《やまだ》カリンの名前と迷惑系配信者討伐というコンテンツはいまなお拡大中なのだ。

チンピラなどという間違ったイメージとともに……。

「おい山田！　髪色は違うけど、あのチンピラお嬢様の動画ってやっぱりお前だよな⁉」

「変なヤツだとは思ってたけどここまでとは！　すげえじゃん！」

「ねえカリンちゃん、ちょっと私のことも叱ってくれない⁉」

「うるせえですわ！　いまはそれどころじゃありませんの！」

にわかに沸き立つクラスメートの言葉をカリンは一刀両断する。

チンピラお嬢様という不名誉な称号はすでに現実にまで侵食してきていた。

『身内の同情票で動画を伸ばすなんてお優雅ではありませんわ！』と配信していることはいまで真冬《まふゆ》以外には秘密にしてきたというのに……最悪な形でバレてしまった。

「うぐう、これがバズの代償ですの……？」

面白がって声をかけてくるクラスメートを尻目にカリンは頭を抱える。

バズの代償といえば、懸念はほかにもあった。

「というか、冷静になってみると問題はチンピラ云々だけじゃありませんわ。昨日の出来事がこれだけ広がって……わたくしこのまま探索者ライセンス剝奪《はくだつ》とか、よもや逮捕とかされませんわよね!?　うっ、吐き気が……」

カリンが顔を青くして漏《も》らす。

突然のバズとそれに伴う登録者爆増という未曾有《みぞう》の事態はどうにか受け入れつつあったのだが、少し時間をおいて冷静になった途端に色々と不安が湧いてきたのだ。

致し方ない事情があったとはいえ、カリンがダンジョン内で同業者をボコったのは事実。

なぜか守衛さんからお咎めはなかったし、爆炎石爆破という暴挙を止めたのだから罰せられるいわれなどないと頭ではわかっている。だが内輪ではなあなあで済んでも拡散した途端社会的に終わりかねないのがネットという場所だ。

はじめてのバズというプレッシャーに嫌な予感ばかりが次々と湧いてくる。が、

「大丈夫大丈夫」

カリンの不安を軽い調子で否定したのは真冬だった。

「こういうトラブルは大体やったやってないの水かけ論になってこじれるもんだけど、今回は映像が残ってるからね。それも向こう側のカメラにばっちり。完全に10：0であっちが悪い。仮に裁判になっても影狼《かげろう》サイドの弁護士が争うのをやめるよう忠告するレベルのドラレコ万歳案件。逆張りマンさえ湧いてこない有様なんだから。それにほら、影狼ってやつがよっぽど嫌われてたのか、ネットは賞賛オンリーだよ。仮に頭のおかしい影狼擁護が湧いても全部押し流される勢い」

「そ、そうなんですの？」

真冬のスマホに表示された数々の呟きを見て、カリンはぱっと表情を明るくする。

真冬が示してくれたネットの反応とやらは全体のごく一部でしかない。

別の場所では火種が燻っている可能性だって十分にあっただろう。

が、カリンはなにより真冬の言葉を信用していた。

常にローテンションで何事にも興味がなさそうな真冬だが、彼女の言葉はいつも的確で、昔からカリンの助けになってくれるのだ。その真冬がここまで言うなら大丈夫だろうとひとまず

るかでしょ？」

「というわけで炎上については問題なし。それよりいまあんたが気にすべきはこれからどうする
安心できた。

顔色の戻ったカリンに、真冬《まふゆ》が人差し指を立てる。

「いま集まってる人たちはあくまで一時的な騒ぎに乗っかってきたミーハー。まだあんたのファンじゃない。野次馬視聴者が注目してくれているうちにその人たちをファンにできるよう頑張らないと。ここで油断したらすぐに元どおりなんだから」

「そ、それは確かにそうですわね……」

ネットの機微にそこまで詳しくないカリンでもそのくらいは理解できた。

バズによって一躍有名になったアカウントが二、三か月後には誰も覚えていない。そんな事例が何百何千と転がっているのが新陳代謝の激しいネットコンテンツの世界なのだ。一過性のバズに満足していては、それこそ同接ゼロの虚無地獄へすぐさま逆戻りである。

「私のオススメは焦ってダンジョン配信する前に、とりあえず速攻で雑談配信やっちゃうことかな。さっきは炎上の心配はないって言ったけど、昨日のあんたはあまりにも衝撃的だったからね。別に責めるニュアンスじゃないけど、企業所属のやらせじゃないか、なんて半信半疑の人もいたりするし。あることないこと広まる前にまずはばしっとあんたの口から色々喋《しゃべ》っちゃったほうがいいんじゃない？」

「そんなこと言われてるんですの？」

思いも寄らない疑いにカリンは目を丸くする。

とはいえそういった妙な憶測まで出回っているなら、確かに真冬の言うとおりさっさと自宅配信で色々語ってしまったほうがよさそうだった。

炎上はまずないという真冬のお墨付きもあるとはいえボコってしまった配信者についても言及しておきたいし、初手雑談配信は現状もっともベターな選択だろう。ダンジョン配信でしっかりと固定ファン獲得を狙っていくのはそれからのほうが恐らく効果的だ。

やることが決まったカリンの目に光が戻る。

「あまりのことにビビり散らかして混乱してましたけど……やっぱり真冬に相談して正解でしたわ」

カリンは真冬の手を取って「ふんす」と一息。

「わたくし、頑張ってこのチャンスを活《い》かしますの！　企業所属云々《うんぬん》もそうですが、チンピラがどうとかいう妙なイメージも広がってますし。わたくしの本来の姿であるお優雅な様をガンガン配信して軌道修正しつつ固定ファンを獲得していきますわ！　いまのわたくしの力では四十万人のうち一割定着できるかも怪しいですが……今日の放課後から早速配信していきますの！」

さっきまでの大混乱とは打って変わり、方針の定まったカリンは元気よく宣言する。

真冬《まふゆ》はそんなカリンからそっと目を逸《そ》らし、

「カリン本来のお優雅な姿、なんて配信したらダンジョン攻略はもちろん自宅配信でもいまよりずっととんでもないイメージがついちゃうと思うけど、まあそっちのほうが登録者も伸びるだろうしそもそもカリンに器用な演技なんて無理だし……うん。とにかく元気が出たならよかった。頑張ってね」

最後の激励だけカリンに聞こえるように、小さな声でぼそりと呟いた。

【あれがフェイクじゃ】チンピラお嬢様考察スレ【ないんですの?】

678　通りすがりの名無しさん
おいお前ら!　お嬢様の生配信告知きてるぞ!
【お優雅】山田カリンのおしとやか雑談生配信【お上品】
→URL　18：30開始

679　通りすがりの名無しさん
配信タイトルお嬢様要素ゴリ押しで草

680　通りすがりの名無しさん
お優雅(迫真)

681　通りすがりの名無しさん
お上品(圧)

682　通りすがりの名無しさん
チンピラお嬢様のトレンド入り気にしてるやろこれww

683　通りすがりの名無しさん
草

684　通りすがりの名無しさん
枠名だけで面白いのは反則だろwww

685　通りすがりの名無しさん
これは期待ですわ

686　通りすがりの名無しさん
課題なんてやってる場合じゃねえ!

▼第７話　雑談配信　前編

「真冬《まふゆ》には元気いっぱいに宣言したものの、いざとなるとハチャメチャに緊張しますわね……マジ震えてきやがったですわ……」

放課後。配信の準備を終えてパソコンの前に座ったカリンは何度も深呼吸を繰り返す。しかしどれだけ自分を落ち着けようとしても心臓の鼓動は胸を突き破りそうで、じっとりした汗が止まらない。

間違いなくはじめてダンジョンに潜ったときよりも緊張していた。

パソコンの前に座ってるのに、表示された配信準備画面もろくに見られないほどだ。

「え、ええと、準備はこれで大丈夫ですわよね……喋《しゃべ》る内容のメモに、ダンジョン攻略時と同じドレスと髪色、あと家具の配置も……あそこはもうちょっとずらしたほうがお優雅かもしれませんわ」

自室を振り返り、いつか大勢の前で自宅配信するときのためにと揃えていたお嬢様っぽい家具の位置を再度微調整する。とある理由からお値段ほぼゼロの思い入れある手作り品。このまま一生真冬以外の目に触れることはないのでは、と思っていただけにその配置は余計に気になるのだ。位置直しはこれでもう十回目である。

とはいえそこまで神経質になるのも無理はなかった。

「な、なんだか朝よりも登録者数が伸びてますし、事前準備は念入りなくらいでちょうどいいですわよね……！」

授業を受けている最中も登録者は増え続け、その数はすでに四十五万を突破している。

トレンドにはいまも「山田《やまだ》カリン」の名前が載っており、その注目度は配信界隈のなかでも随一。神経質にもなるというものだ。

「い、一体何人の方がいらっしゃるんでしょう……千、いや三千くらいは来てしまうかもしれませんの……って、そんなこと言ってたらもういい時間ですわ⁉」

さすがにバズったあと初の配信で遅刻などあり得ない。

いつまでも家具の配置や髪の毛の具合などを気にしているわけにもいかず、「だ、大丈夫ですわ……イメージしたとおりに喋《しゃべ》れば……」と覚悟を決めて配信開始をクリックした。

「え、えいやっ、ですわ！」

画面にカリンの姿が映り配信が始まった。

「み、皆様ごきげんよう。お嬢様探索者、山田カリンのお優雅な雑談配信ですわ」

ずっと脳内でイメージしてきたセリフをお優雅に言い切る。

途端、

〝キタアアアアアアアアアア！〟
〝告知からずっと待ってたぞおおおお！〟
〝マジで例の動画そのままのお嬢様だあああああ！〟
〝はじめまして！〟
〝例の動画からきました！〟
〝待ってた！〟
〝お嬢様！〟
〝勧善懲悪お嬢様！〟
〝チンピラチンピラお嬢様！〟
〝正義のチンピラお嬢様！〟

「うおえ!?」
爆速で流れる無数のコメントにカリンの口から奇声が漏《も》れた。

〝草〟
〝ｗｗｗ〟
〝いまお嬢様から出ちゃいけない声が出たぞｗｗｗｗ〟

〝お嬢様はしたないですわよ！〟

〝開幕早々化けの皮が剝がれてて草〟

〝これはもっとコメントしまくって慌てさせるべき〟

（な、なんなんですのこれ⁉　どうなってますの⁉　連投ツールってやつですの⁉）

あまりのことに頭が真っ白になる。

怒濤《どとう》のごとく流れていくコメントは数が多すぎて追い切れないほどだ。

いや正確には動体視力向上と脳内処理速度上昇のスキルで表示されたぶんはすべて読めているのだが……。莫大な数のコメントになにをどう対応すればいいのかまったくわからない。

（ちょっ⁉　ずっと配信を続けてきた一年の累計よりこの一秒で流れてるコメント数のほうが遥かに多いですわよ⁉）

異常はそれだけではない。

（っ⁉　同接一万⁉⁉⁉）

配信開始直後にもかかわらず表示されたその数字にカリンは本気でなんらかの不具合を疑った。だがぎょっと目を見開くカリンの前で数字はさらに増えていき止まらない。止まっているのはあまりのことにフリーズするカリンだけである。

（っていけませんわ！　これじゃ放送事故になりますの！　と、とりあえず改めて挨拶《あいさつ》して場を繋《つな》ぎませんと……！）

「あ、あ、改めて、初めての方がほとんどだと思いますので改めて自己紹介を。わ、わわ、わたくし、お優雅なダンジョン探索配信をメインにやらせていただいている山田《やまだ》カレンですわ」

〝声震えすぎで草〟

〝開幕時の威風堂々としたお嬢様はどこに……ｗ〟

〝お嬢様ならさっきの「うおぇ!?」で死んだよ〟

〝自分の名前間違えてて草〟

〝緊張しすぎやろｗｗｗ〟

〝落ち着いて！〟

〝てかいきなり同接一万超えとるやんけ！〟

〝おめ〟

〝一年過疎だったのが自宅配信で速攻同接一万越えとかそりゃ誰でも緊張するわな〟

「す、すみませんわ、こんなにたくさんの人がいらっしゃったのははじめてのことで……え、ええと……」

つ、次はなにを喋《しゃべ》れば!?　てゆーかドレスに引っかかってカンペがどっかいきましたの!?

なにか言うたびになぜか盛り上がるコメ欄にカリンはさらにあわあわと慌てる。

そうこうしているうちに同接は一万二千、一万四千とどんどん増えていき、コメントもさらに増加していった。


〝動画見たぞ！　若手最強の影狼《かげろう》ぶっ飛ばすとかどうなってんの⁉〟

〝これで個人勢ってマジ？〟

〝なにをどうやったら影狼を無傷でぶっ倒すバケモノが一年も埋もれるんだ⁉〟

〝あの影狼をぶっ飛ばしたのスッキリしました！〟

〝ありがとうお嬢様！〟

〝昨日は飯が美味かったぞ！〟

〝本当にあなたがあの影狼をぶっ殺したんですか⁉〟


「いや殺してはいませんわよ⁉」

カリンはそこではじめて、ひとつのコメントに大きく反応した。

いやさすがに「ぶっ殺した」はネット特有の大げさな表現とはわかっているが……今回の件では色々とあることないこと言われているらしいのだ。加えて影狼の所属クランとやらが混乱のせいか彼の容態について未だ公式発表していないことから、ネットユーザーの悪ふざけで妙な噂が立ちそうな土壌があった。

万が一にでも影狼を殺したなどという話にならないよう慌てて口を開く。

「爆炎石に着火しようとしてたから止めただけですの！　気絶させてしまったあとはちゃんと外まで送り届けたんですのよ!?　当時は迷子が錯乱《さくらん》したものだと思ってたのもあって、なけなしの応急薬もドバドバで……そのあとちゃんと生きて病院に運ばれましたの！　なぜかわたくしと一緒に！」


〝ｗｗｗｗｗ〟

〝お嬢様のぶんまで救急車呼ばれたくだりほんま草〟

〝まあアレはしゃーない〟

〝俺が守衛さんでも絶対同じことするし……〟

〝マジでゲロのこと迷子扱いやんけｗｗｗ〟

〝まあ実際そんな勘違いされても仕方ないことしてたからなあいつ〟

〝てかなにげにゲロを一方的にボコったの確定か……やべぇな〟

〝仮にも若手最強のトップランカーを文字どおり子供扱いか……〟

「え、ええと、あ、そうですの。そんなわけで、実は今日の配信はまず昨日のことについて軽く触れておこうと思ってたんですのよ」

と、そこでカリンは今日の配信での最優先事項を思い出す。

いくら相手が百％悪いとはいえ、ぶっ飛ばした相手について触れずに配信を続けるのは個人的にモヤモヤするし不誠実だと思ったのだ。

過激なコメントをきっかけにやるべきことを思い出したカリンはそこでようやくまともに話し出す。

「今日改めて病院のほうには連絡いたしまして。わたくしがぶっ飛ばしてしまった影狼《かげろう》様については命に別状ないとのことですわ。退院はまだ先らしいですが、いちおうすでに意識も取り戻しているらしくて一安心ですの」

〝そうなんだ〟

〝いやちょっと待て。下層ソロでいける探索者が一晩経ってまだ退院は先……？〟

〝「いちおう」意識は戻ってるってそれ……〟

〝なんかちょいちょい不穏なワードが……〟

「ただ、やはりわたくし少しやりすぎてしまったかもしれなくて……。気絶どころか入院までさせてしまったことを影狼様に改めて謝罪しようとしたのですが、影狼様は通話断固拒否でマネージャーさん？　としかお話しできず。また折を見てちゃんと和解したいのですが……

慌てていたとはいえ力加減を間違えてしまって反省ですわ」


〝ゲロｗｗｗｗ〟

〝なさけねぇｗｗｗｗｗ〟

〝まああのプライドの塊《かたまり》が自分をボコったやつと話すことなんてないわな〟

〝十六の学生が通す必要もない義理を通そうとしてるのに二十四のゲロはさぁ……〟

〝ゲロ相手に「力加減を間違えた」とかさらっと言える隠しきれない強者のオーラ〟

〝てかお嬢様思ったよりしっかりしてるな〟

〝エセお嬢様だけど影狼への説教の内容で良い子なのはわかってたしな〟

〝お嬢様気にすることないぞ〟

〝ゲロが百％悪い〟

〝元から否定されてたけど、なんかもうこれで完全にやらせ疑惑消えたなｗｗｗ〟

〝危険行為止めてもらったうえにダンジョンの外まで運んでもらって会話拒否はないわ〟

〝ゲロはさぁ……そんなだからボコられる動画が四百万再生とかいくんだぞ〟

〝ゲロ君そのまま死んだほうがよかったのでは？〟

「あ、あれ？」

なんだかコメントの雰囲気がかなり怪しい。というか少しピリついている気がする。

もしかすると影狼《かげろう》の嫌われ具合を見誤って少し余計なことまで喋《しゃべ》ってしまったのかもしれない。カリンは慌てて、

「み、皆様もう少しおしとやかにいきますわよ～？　げ、ゲロとか汚い言葉はお優雅ではありませんことよ～」

〝了解ですわ！〟

〝皆様もう少しお言葉を選ぶべきですわね！　カリンお嬢様が怯えてらしてよ！〟

〝カリン様の配信で影狼様の悪口は無粋でしたわね！〟

〝影狼様のことはこれからお吐瀉物様とお呼びしますわ！〟

〝突然のお嬢様大量発生で草〟

〝草。もとい、おハーブですわ〟

（ふ、ふぅ。視聴者の皆様がノリのいい方ばかりで助かりましたわ……）

とカリンがコメント欄の一体感にほっとしていれば、

「っ!?　ど、同接三万ですの!?」

〝おめでとうございますわ！〟
〝配信開始から十分くらいですのに……凄い勢いですわね〟
〝なんならいまもまだトレンド入りしてますもの、当然ですわ〟
〝お吐瀉物様を瞬殺したＪＫとか伸びない理由がないんだよなぁ〟
〝乾杯ですわ！〟

「い、一体どこまでいくんですのこれ……」
お嬢様たちの祝福がコメント欄を埋め尽くすなか、カリンはいまなお増えていく同接に愕然《がくぜん》とした声を漏《も》らすのだった。

▼第８話　雑談配信　後編

「と、というわけで、お騒がせしてしまったことについて諸々のご報告でしたわ。……それで、ちょっとよろしくないきっかけとはいえこうしてたくさんの人に来ていただいたことですし、ここからはわたくしのことをもっと知ってもらえるように色々と質問に答えていこうと思いますの」

同接三万突破でしばし呆然としたあと。

影狼《かげろう》のアレコレについて語り終えたカリンは気を取り直して次の予定へと移行していた。

なんだか現実味のない数字に一周回って頭がポンとなり、先ほどより多少は緊張もほぐれている。

「なんというか、色々とわたくしについてあらぬイメージも広まっているようですし……。お優雅でお上品な本来の山田《やまだ》カリンを知ってもらうためにも質問にはできるだけ答えていくつもりですわ」

〝お股を痛めて生んでくれたお母様に申し訳ないと思わねぇんですの⁉〟
〝ちっ、成人探索者のくせにしけてますわねぇ〟
〝やっちまいましたわ！〟
〝なにやっとんじゃオラアアアアアアア！〟

「ちょっ⁉　ソレはもう忘れてくださいまし！　というか下層で爆炎石を爆破しようとしている方がいたら誰だってああなりますわ⁉」

〝それはそう〟

〝緊急時に人の本性が出るってやつですわね！〟

〝たとえ緊急時でも「お股を痛めて生んだ子」はなかなか出てきませんわよ……〟

〝逆子かな？〟

〝おハーブ〟

「し、質問に答えていきますわよ！」

謎《なぞ》の一体感を発揮しだしたコメントの流れを断ち切るべく、カリンはコメント欄に目を走らせた。

〝お嬢様って本当にドレスでダンジョン攻略してるんですか？〟

「あ、これなんか良いですわね」

ふと目にとまった質問をカリンが拾い上げる。

それはお嬢様系配信者山田カリンの根幹に関わる質問だった。

〝一番の疑問ですわね……〟

〝そうだ、それが知りたくて配信覗きにきたんだった〟

〝そうそう、お吐瀉物様をぶっ飛ばした真偽以上にこっちが気になってた〟

〝カリンお嬢様の黒歴史をいじってる場合じゃございませんでしたわ！〟

〝というかあれマジでドレスなんですの？〟

〝いま着てるやつと同じやつですわよね？〟


コメント欄もそこが一番気になっていたようで、先ほどまでの悪ノリが一瞬で霧散した。

注目度も上々のその質問にカリンは自信満々で答える。

「当然本物のドレスですわ！　特に配信時は常時この服でダンジョン下層まで潜っておりますのよ！」


〝マジで言ってらっしゃる!?〟

〝本当に本当ですの!?〟

〝さ、さすがにそれは吹いてらっしゃらない……？〟

〝下手したらお吐瀉物様ボコよりも信じがたいですわよ!?〟

〝いやまあ有志が何回動画検証しても本物だったし……〟

〝実際にお嬢様本人の口から聞くと衝撃もひとしおですの！〟

〝魔法装備だよね？？？　そうだよね？？？〟

〝あんな動きにくい装備に販売許可が下りるわけねぇですの……〟

〝仮に魔法装備だったとしてわざわざドレス型にしてる時点でクレイジーですわ！〟

〝なんでドレスなんかでダンジョンに潜ろうと思いましたの⁉〟


カリンの回答にコメント欄が一気に加速する。

ずっと誰にも注目されなかったこだわりのドレスに焦点があたって上機嫌のカリンは続けてコメントを拾った。

「あ、次はこれに答えますわね。『なんでドレスでダンジョンに潜ろうと思ったのか』」


〝ほんそれ〟

〝マジでなんであんな服装で……〟

〝そういう縛《しば》りのレアスキル持ちと予想しますわ〟

〝あー、なるほど。それだわ〟

〝たまによくわからん条件のユニークスキル持ってる探索者いるしな〟

〝考察スレやツブヤイターでも予想されてたけどまあそのへんが妥当ですわね〟

〝じゃなきゃいくらお吐瀉物様を瞬殺できる実力でも危険すぎますもの……〟

〝スキルってやつはダンジョンと同じくらい摩訶不思議ですわ〟

〝不可解なアレコレは大体ユニークで片づくところある〟

「ドレスで攻略してる理由は話すとちょっと長いんですけど……皆様も経験あると思われますが、わたくし幼い頃に『ダンジョンアライブ』というアニメに魅了されまして」


〝？　なんの話ですの？〟

〝急にどうした〟

〝落ち着きなさいませ皆様方、最後まで聞けば繋《つな》がるタイプの話ですわきっと〟

〝ダンジョンアライブ懐かしいですわね〟

〝ダンジョンアニメにハマるのはあるある〟

〝国の後押しもあったとはいえ、それ抜きでも名作がゴロゴロしてるしな〟

〝誰もが子供の頃に通る道よ〟

〝で、ガチで命がけだったりレベル獲得すると公式スポーツに参加できなくなったりする現実を知って諦めるまでがセットな〟

〝わたくしも昔はよくアニメ見てましたわ〟

〝アライブは原作漫画も全巻揃えましてよ！〟

「まあ、同好の士がこんなに！　ならわかっていただけると思うのですが、わたくし『ダンジョンアライブ』のキャラクターのなかでも特に鬼龍院《きりゅういん》セツナ様に強く憧れまして。ドレス姿で紅茶を嗜《たしな》み華麗な動きとお優雅な振る舞いでモンスターをなぎ倒す姿にそれはもう夢中になりましたの。そして当然のようにこう思うようになりましたわ。わたくしもセツナ様のようなお嬢様探索者になりたいと」

〝ん？〟
〝え？〟
〝は？〟
〝流れ変わったな〟
〝おいまさか……〟

「そんなこんなでわたくし、セツナ様の装備を参考にしたドレスでダンジョン攻略を始めましたの！　そうして己を鍛えていたら今度はダンジョン配信者という存在を知りまして。ダンジョン攻略の様子を画面越しに届けて多くの人に元気を与える存在なんてセツナ様そのものだと衝撃を受けてこの界隈に飛びこんだんですのよ！　それがこのチャンネルの始まり。なのでドレスは絶対に外せない正装にして最高の一張羅《いっちょうら》なのですわ！」

一年以上ずっと胸に秘めていた原点をカリンは全力で語った。

瞬間――コメント欄が壊れた。


〝待て待て待て待て！〟

〝本気で言ってますの!?〟

〝急転直下お嬢様！〟

〝さすがにユニークスキルについて誤魔化すための方便だよな!?〟

〝わたくしもセツナ様が好きで昔はよく真似してましたけど、十六にもなってガチのダンジョンで実行するアホがいるとは思いませんでしたわ!?〟

〝元厨二病患者にアホ呼ばわりされるお嬢様でおハーブ〟

〝脳みそ筋肉であらせられる？〟

〝上層ならまだしもお前がいたとこ下層やぞ!?〟

〝アニメと現実の区別がついてないLv100〟

〝これがアニメの悪影響ちゃんですか〟

〝アニメお嬢様「こんな怪物の製造責任まで押しつけないでくださる!?」〟

〝性犯罪者に加えて怪物の製造責任まで問われてアニメちゃん可哀想……〟

〝【諸悪の根源】鬼龍院《きりゅういん》セツナ【わたくしも好きでしたわ】〟

「あ、あれ？　なんかおかしいですわね……」

過去最高速度で流れる怒濤《どとう》の総ツッコミにカリンは困惑する。

サッカー漫画を読んでサッカーをはじめたとか好きなキャラの服装再現とかよくある話だしアライブファンも多いようなので共感してもらえると思ったのだが……コメント欄がやたらと荒ぶっている。

それになんだかお優雅とはまったく違う印象を与えてしまっているような……。

決して炎上するような方向ではないとはいえ、これ以上掘り下げるのはお優雅なチャンネル的によくない気がした。

「つ、次の質問いきますわ！」

数万の同接から繰り出される怒濤のコメントに怯んだように、カリンはまた話題を強引に変えるのだった。

それからカリンはいくつもの質問に答えていった。

「ええと、事務所には所属してませんわ。完全に個人での活動ですの」

〝そりゃこんなヤバイ子が事務所に入れるわけないすぎる……〟
〝まともな会社がドレスでダンジョン攻略とかさせてくれるわけないですものね……〟
〝まともじゃない会社でもやらせるわけない定期〟
〝こんな流れで大手事務所のやらせ説が消滅するのおハーブですわ〟

「それから年齢ですが……探索者ライセンスで多分証明できますわよね？」

〝うわ本当に十六歳ですの……〟
〝いろんな意味でヤバすぎる……〟
〝十六歳にしては強すぎる＆十六歳にしては頭がアレすぎる〟
〝なんにせよヤベーヤツですわ……〟

コメントの反応も少し引いているものがありつつ基本的には上々で、カリンがなにか喋《しゃべ》るたびにドッと流れが加速する。さらにはなぜかＳＮＳのほうでまたカリンについて話題になったらしく、「トレンドから来ました」「ヤベーお嬢様の配信はここですか？」と視聴者もどんどん増えていた。

配信開始から一時間と経たず、同接数は五万を突破。

このままいけばその数はさらにとんでもないことになるだろうと思われた。

だが、

（いきなりたくさんの人を前に配信したら絶対に疲れるから欲張らず早めに切り上げたほうがいい、って真冬《まふゆ》も言ってましたものね。実際、さっきからもうドレスが汗でぐっちょぐちょですし）

「ええと、それじゃあ少し早いですが次を最後の質問にしますわ」

時計をちらりと確認したカリンはそう宣言。

元々配信の概要欄にも長くて一時間とは書いていたので、特に荒れることなく質問が一気に流れる。

〝そういえば武器は使ってないいんですか？〟

〝ダンジョンアライブでセツナ様のほかに好きなキャラとシーンは？〟

〝画面の向こうのお嬢様たちに向かって罵倒していただけませんか!?〟

〝探索者クランに所属する予定は？〟

〝ダンジョン探索の予定はありますか？〟

そのなかから締めにふさわしい質問をカリンは選ぶ。

「ダンジョン探索は早速明日から再開する予定ですわ。コメント欄を見るにまだわたくしのダンジョン攻略について半信半疑の方も少なくないようですし、急ぎお優雅な攻略風景をお見せするつもりですの！」

喋《しゃべ》りながらコメントを見ていた感じ、どうにもまだドレスでの下層攻略という部分が信じられてない気配を感じる。それはカリンにとって同接ゼロ時代に何度もフェイク扱いされた苦い記憶を呼び起こすものであり、チンピライメージとあわせてすぐにでも払拭《ふっしょく》したいものだ。

加えてネットは熱しやすく冷めやすい。

話題になっているうちにカリンの本領であるダンジョン攻略配信を行うのは絶対。

これは真冬《まふゆ》との相談でも即座に合致した方針だった。

〝キタアアアアアアアアア！〟

〝早速の配信マジ感謝ですわ！〟

〝こりゃ明日も残業ブッチで待機しとかないとですわ！〟

〝昨日は途中から画面真っ暗でしたし、カリン様のダンジョン攻略がちゃんと見られるの楽しみですわ！〟

〝ドレス云々の話は確かにまだ信じ切れませんが、お吐瀉物様をボコった実力が見られるのはマジ楽しみですの！〟

〝本当にダンジョンをドレス攻略するんですのね……！〟

〝こりゃチャンネル登録しとくしかないですの！〟

〝通知オンにSNSもフォローっと。これで見逃しませんわ！〟


コメントも最後に大盛り上がり。

速攻で攻略配信するという方針はやはり正解だったようだ。

「それでは、本日はこのあたりで。また明日、ダンジョン攻略配信でお会いしましょうですわ。見逃さないよう、よろしければチャンネル登録と通知設定をお願いしますの。それでは、本日は見に来ていただいて本当にありがとうございました。乙カリンですわ～」


〝おつかりんー〟

〝乙かりん～〟

〝乙カリンー〟

〝また明日ですわー〟


「…………ぶへー、ですわぁ」

そしてカリンは今度こそしっかり配信が切れているのを確認してから大きく息を吐いた。

瞬間、無意識に張っていた緊張の糸が切れてどっと全身から力が抜ける。

「な、なんとかやりきりましたわ……真冬《まふゆ》の言ったとおり、いやそれ以上に疲弊《ひへい》してますの。けど」

そのまま泥のように眠ってしまいそうな身体《からだ》を起こし、カリンは気合いを入れ直す。

「先ほど配信でも言ったように、まだまだわたくしについて半信半疑の方も少なくないですの。明日はとっておきの攻略風景をお見せしませんと！」

そして「山田《やまだ》カリン」のお優雅さで虜《とりこ》にし、今日来てくれた人の一割でもいいから固定ファンになってもらうのだ。配信者の世界は厳しい。今日はちょっと異常なほど賑わっていたが、それはあくまで一過性の流行《はや》りでありカリンの実力とは言いがたい。

今日の配信はあくまで同業者ボコに関する諸々の言及がメイン。

そもそもトーク力を売りにしているわけではないので、先ほどまでの配信は事後処理と告知の側面がかなり大きいのだ。

明日の配信――このチャンネルの本領であるダンジョン攻略でどれだけの人を固定ファンにできるかがキモなのである。

「真冬も応援してくれてますし、わたくし頑張りますわよ！」

カリンは気合いを入れ直すように声をあげ、明日に備えて紅茶などを準備。

嫌な汗をしっかり流したあとは疲れを残さないようすぐベッドに潜るのだった。

「それにしても……まだ一過性のものとはいえ、挨拶《あいさつ》が返ってくるというのはこんなに嬉しいものなんですわね」

電気を消す直前。

コメント欄に映る様々な表記の「乙カリン」を眺めて自然と頰を緩めながら。

▼第9話　お優雅ダンジョン攻略　その1
「よ、よし。それじゃあやっていきますわよ……！」

雑談配信の翌日。放課後。

学校が終わると同時に都内某所のダンジョンにやってきたカリンは配信準備を終えて何度も深呼吸を繰り返していた。

もうあまり身バレ云々を気にする必要もないため、すでに髪色は変わり服装はド派手なドレス姿。頭上には以前懸賞で当たった中古の浮遊カメラがついてきており、問題なくカリンの姿を捉えている。

あとはスマホに表示された『配信開始』をタップするだけでいつでも配信は始められる。

だがその一歩がなかなか踏み出せなかった。

「昨日の自宅配信で大勢の前で喋《しゃべ》ることには多少慣れたつもりでしたが……いざ本命のダン

ジョン攻略配信となるとやはり緊張しますわね」

もしかしたら昨日よりも緊張しているかもしれない。

なにせ「ナチュラルボーンお嬢様・山田《やまだ》カリンのお優雅なダンジョン攻略」チャンネルのメインコンテンツはその名のとおりダンジョン攻略。

一時的にバズったカリンに集まってくれた視聴者たちがちゃんとした固定ファンになってくれるかは今日の配信にかかっているのだ。もし無様な攻略姿をさらしてしまえば「やっぱこの前のはやらせかフェイク」などと判断されてしまう可能性は非情に高い。

それに、

「チャンネル登録者数五十万……」

スマホに表示された異次元の数字に改めてごくりと喉を鳴らす。

昨日の雑談配信を終えたあと、カリンのチャンネル登録者数はさらに伸びていた。

なにやら「ダンジョンアライブ」や「アニメの悪影響」といった単語がネタ的な意味でまたバズったらしく、さらに多くの人がカリンのチャンネルに集まっていたのだ。

同接数が少なくなりがちな自宅配信で同接五万を突破したことを考えると、今日の配信もそれなりの視聴者数が予想された。そんな彼らを前にどれだけお優雅なダンジョン攻略を見せられるのかで今後の配信者人生が決まるといってもよく、配信開始前から変な汗が噴き出してくるのだ。

「とはいえいつまでも躊躇《ためら》ってなんかいられませんし……ＳＮＳで配信開始を呟いて、えいやっ、ですわ！」

はじめてダンジョンのボス部屋に踏み込んだときのような気持ちでカリンは配信を開始した。

瞬間、

〝仕事速攻で片づけて待ってた！〟
〝キタアアアアアアアアア！〟
〝通知から〟
〝告知から〟
〝期待してるぞ！〟
〝お吐瀉物様をぶっ飛ばした実力見せてくれ！〟

「っ!?」

開幕からとんでもない勢いでコメントが流れていく。

それに伴い視聴者数もうなぎ登り。昨日の自宅配信を上回るペースで数字が伸びていく。

「……っ!?　え、ええと、み、皆様ごきげんようですわ～」

し、視聴者が一瞬で一万に!?

想定を遥かに超える速度で万越えした視聴者数にまたお優雅ではない声を漏《も》らしそうになりながら、カリンは頑張って挨拶《あいさつ》を続ける。
「きょ、今日は昨日告知したとおり、早速わたくしのお優雅なダンジョン攻略の様子をお届けしますわ。よろしくお願いしますですの」

〝お嬢様今日も緊張してて草〟
〝お吐瀉物様の一件で色々疲れてるだろうにこのペースはマジで感謝〟
〝これが若さか……〟
〝いろんな探索者クランが注目してるらしいから頑張って！〟
〝てかマジでドレス着てるやんけ！〟
〝本当にセツナ様リスペクトのドレスですのね!?〟
〝手ブラみたいですけど武器はなに使うんですか？〟
〝どこまで攻略するの？〟

「え、ええと、武器はこの拳《こぶし》ひとつですわ。それと今日の目標はいつもどおり下層最深部を予定しておりますの」

〝拳ひとつは草〟

〝お吐瀉物様をぶっ飛ばした動画から予想されてましたがマジで素手ですの!?〟

〝まあ確かにゲロをぶっ飛ばした身体能力なら武器はいらんだろうが……〟

〝女性でナックルスタイルはストロングすぎませんこと!?〟

〝下層最深部って本気ですの!?〟

〝女子高生がドレス着て武器なし下層ソロ攻略とか絶対またトレンド入りするやろこれ……〟

〝「いつもどおり」とかいうさらっとイカれた発言〟

〝てゆーかこの画面もしかして浮遊カメラ使ってますの？〟

〝うわホントだ。さすがお嬢様、良い機材をお持ちですの〟


「あー、このカメラについてですけど……。誤解を与えないよう最初に言っておくと、これ実は運良く福引きで型落ち中古品が当たっただけなんですの」


〝マジか〟

〝めちゃくちゃ運が良いですわね!?〟

〝影狼《かげろう》でさえ持ってなかったこと考えると中古品でも破格では？〟

〝あの方は駆け出しの頃の機材を惰性で使ってるだけの機材更新無精《ぶしょう》ですのよ〟

〝てか浮遊カメラなんて最高級品《マジックアイテム》が出る福引きとは一体……〟

「親友に誘われていった福引きで当たりましたの。本当にあのときは跳び上がる気持ちでしたわ。まあカメラを新調しても視聴者は伸びなかったんですが……」

カリンはかつての虚無地獄を思い出して少し声を落とす。

「あ、それと機材繋《つな》がりでいまのうちに断っておきたいのですけど……先ほど言ったように浮遊カメラは福引きで当たっただけで、なんというかその、わたくし本当は全然お金がなくてカメラ以外の機材が貧弱なんですの。コメントを読み上げたり視界に表示してくれるような周辺機器はないので、コメントは腕に固定したスマホから随時チェックという形になりますわ。どうしてもコメント見落としてしまうこともあるのでご了承いただければ……」

〝お嬢様なのに金ないのかｗｗ〟
〝まあ昨日の配信からしてお嬢様キャラに憧れただけなのは明らかだし〟
〝なら昨日の豪華な部屋は一体……〟
〝あれ特定班が該当ブランド発見できなくて手作り疑惑出てるぞ〟
〝手作り!?〟
〝ハリボテお嬢様で草〟

〝カリンお嬢様もしかして普通に苦学生なんですの？〟

〝まあ学生はダンジョン素材換金できないしな。貧弱機材はしゃーない〟

〝浮遊カメラだけで十分すぎますわ！〟

〝収益化急ぐんですのよカリン様！〟

「ええもちろん。ありがたいことに収益化ラインに達しましたので現在申請中ですの……って、同接三万ですの⁉」

ちらりと視聴者数に目をやったカリンはぎょっと声を漏《も》らした。

攻略開始前にもかかわらず、少し喋《しゃべ》っているうちに同接数がさらに伸びていたのだ。

〝おめ！〟

〝勢い凄いなマジで〟

〝昨日の自宅配信もまあまあ衝撃的だったしそら注目されるわなｗｗ〟

「い、いきなりこれはわたくしさすがに緊張ですわ。攻略前にちょっと一息つかせてもらいますの」

言って、カリンはそのゆったりしたドレスから少々わざとらしく水筒とティーカップを取り出した。

　昨日から準備していた屋外紅茶セットだ。

　真っ白なティーカップに湯気の出るダージリンティーを注ぎ、「ごくごくですわ！」と緊張をほぐすようにカップへ口をつける。


〝唐突すぎるｗｗ〟

〝緊張して紅茶飲み出すお嬢様可愛いｗｗ〟

〝ダンジョンにカップと水筒持参は草〟

〝遠足かよｗｗ〟

〝まさかの仕込みｗｗ〟

〝セツナ様リスペクトですわね！〟

〝キャラ作りが徹底しててわたくしこの方好きになってしまいますわ！〟

〝カリン様これ同接数関係なく開幕ティータイムやるつもりやったろｗｗｗ〟

〝ネタも欠かさない配信者の鑑《かがみ》ですわねｗｗ〟

〝バズ後すぐの配信だから張り切ってるなｗｗ〟

　カリンの大根演技も初々しいと受け取ってもらえたようで、好意的なコメントが多く流れる。

が、

「ふぅ。それじゃあ大体人も集まってきたと思うので、早速ダンジョン攻略をスタートしていきますわ！」

そう言ってカリンがダンジョンの薄暗い通路へ足を踏み入れた途端、コメント欄がざわつきはじめた。

〝ちょっとお嬢様!?〟

〝攻略開始はいいですけどティーカップ持ったままでしてよ!?〟

〝中身もがっつり残ってておハーブ〟

〝水筒しまっといて飲みかけのティーカップしまい忘れるのは草〟

〝緊張しすぎやろｗｗ〟

〝うっかり可愛い〟

「え？　いえいえ、うっかりじゃありませんわ。もちろんこのまま紅茶を飲みながらお優雅に進むんですのよ？」

〝は？〟

〝え？〟

〝いまなんて仰《おつしや》いましたの？〟

〝なんだろう、パソコンの調子がおかしいですわね〟

〝おかしいのは多分カリン様ですわ〟


困惑で埋め尽くされるコメント欄。

しかしカリンはカップ片手にダンジョンをずんずん進み、

「『ダンジョンアライブ』のセツナ様は常にドレスにお紅茶。それも一滴もこぼさずダンジョンを突き進んでおられましたわ。なのでセツナ様のようなお嬢様配信者を目指すわたくしもまたこのくらいこなして当然ですの！」


〝待て待て待て待て！〟

〝クソワロタｗｗｗ　……え？　冗談だよね？〟

〝ちょっとこの子本気でアカンのでは!?〟

〝セツナ様リスペクトってそこまでガチなんですの!?〟

〝原作再現の心意気は素晴らしいですわ!?!?〟

〝原作再現はいいけどダンジョンでやることじゃねえんだよなぁ!?〟

〝ドレスだけでもイカれてるのに紅茶まで再現とか頭のネジぶっ飛んでるどころの騒ぎじゃございませんことよ!?〟

〝いやさすがにネタでしょ……ネタだよね？〟

〝チャンネル登録者数爆増で舞い上がってませんこと!?〟

〝カリン様いったん落ち着いてくださいまし！〟

〝魅せプレイや縛《しば》りプレイ専門のダンジョン配信者でもこんなバカやりませんわよ!?〟

〝いくら上層とはいえダンジョン舐《な》めすぎですわ!?〟

〝さすがに事故りますわよ!?〟

〝モンスターきてるぞおい！〟


「本気か!?」「無茶すんな!?」という当然のコメントが濁流《だくりゅう》のように流れていく。

「グオオオオオオッ！」

そしてコメントの指摘どおり、通路の向こうから一体のモンスターが現れた。

ヘルハウンド。

上層によく出現する凶暴な狼型の魔物が唸り声をあげてカリンに飛びかかり、「はよ紅茶捨てろ!?」といったコメントが大量に流れる。

だがその瞬間――ドパァン!!

三万を超える視聴者の心配をよそに……ヘルハウンドが突如消滅した。

〝は？〟
〝は？〟
〝え？〟

カリンがノールックで放った拳《こぶし》に殴り飛ばされ、視聴者はおろかヘルハウンド自身にも知覚できない速度で壁の染みと化したのだ。

遅れて響く破裂音に、ただの余波だけで揺れる空間、軋《きし》むダンジョン。

しかしそんな超速超威力の拳撃を放ったにもかかわらずカリンの身体《からだ》には一切の反動が返ってきておらず、

「緊張でうまく身体が動くか不安でしたが……うん、今日もお優雅に絶好調ですわ！」

こぼれるどころか鏡のように凪《な》いだままの紅茶を一口。

満足そうな笑みを浮かべたカリンはまるで朝の散歩でもするかのような優雅さで歩みを再開するのだった。

〝……〟

〝…………〟

〝……〟

その理解不能な映像にコメント欄が一時停止するなか——いままで日の目を見ることのなかった規格外のお嬢様系探索者、山田《やまだ》カリンのダンジョン攻略がいよいよ本格的に始まった。

▼第10話　お優雅ダンジョン攻略　その2

「あれ？　なんかコメントが流れなくなりましたわね？」

超速の拳《こぶし》で狼型モンスターを壁の染みにした直後。

ちらりとスマホを確認したカリンは首を傾げた。

「ちゃんと配信繋《つな》がってますの……？」

心配になってスマホをこんこんと叩いてみる（ちなみにティーカップを持っているほうの腕にスマホを装着しているのだがそれでも紅茶はまったく揺れていない）。

するとその直後、堰《せき》を切ったかのような勢いでコメントが流れ始めた。

〝ちょ、ちょっと待ってくださいまし!?〟

〝いまなにしたんですの!?〟

〝ヘルハウンドがいきなり消えましたけど!?〟

〝なんか衝撃波出てなかった!?〟

〝そういうスキル!?〟

〝一体なにしたんですの!?〟


「え？　普通に殴っただけですわよ？」

コメントが復活したことにほっとしつつ、カリンはコメントの勢いに少々面食らう。そんなカリンのもとには「「「グオオオオオオオオッ！」」」とさらに複数のヘルハウンドが迫っており、

「ほらこんな風に」

カリンが軽く拳を握った。

瞬間――ドパパパパパパァン!!

カリンに近づいたヘルハウンドたちがほぼ同時に消失。

壁の染みが次々と増えていき、しかし歩き続けるカリンが持つ紅茶は引き続き一切揺らがない。そんな異次元の光景にいよいよコメント欄が大混乱に陥る。


〝なにが起きてんだこれ!?〟

〝ハウンドの群れがお嬢様に近づいた途端消失して代わりに壁の染みが増えていくんだが!?〟

〝爆弾が爆発したみたいな音が連続してんだけど!?〟

〝狼だけじゃなくてカリンお嬢様の片手もさっきから消えてない!?〟

〝あ!? これマジでモンスター全部殴り飛ばしてんの!?〟

〝速すぎてカリンお嬢様の腕が映ってないのかこれ!?〟

〝いや草〟

〝殴ってるっつーけどだったらなんで紅茶がこぼれてないどころか水面が一切揺れてないんですの!?〟

〝お嬢様の言葉を信じるならヘルハウンドが壁の染みになる威力で殴ってるんですわよね!?〟

〝反動はどうなってんだ反動は!〟

〝物理の法則が乱れる!〟


「え? 別におかしなことはしてないですわよ? ほらなんでしたっけ、攻撃した際に返ってくる反動も反転させて相手に叩き込むスキル……あ、なんか名前ド忘れましたわ」


〝適当すぎんだろｗｗ〟

〝お嬢様!? 探索者なら自分の持ってるスキルくらいちゃんと把握してくださいまし!〟

〝もしかして〈無反動砲〉のこと？〟

「あ、そうそれですわ！　〈無反動砲〉ってスキルですの！」


〝確かにアレなら近接攻撃の反動軽減できますけども……〟

〝手に持ってる紅茶の水面を一ミリも揺らさないレベルの無反動ってなに⁉〟

〝俺の知ってる〈無反動砲〉と違うんだが⁉〟

〝スキルＬｖいくつでございまして⁉〟

〝〈無反動砲〉ってＬｖカンストするとそんなことになるんですの⁉〟

〝お吐瀉物様をぶっ飛ばす威力の拳《こぶし》を反動込みで叩き込まれたらそりゃ上層モンスターなんてひとたまりもねぇですわ……〟

〝肉片すら残ってないの怖すぎない？〟


カリンの無自覚な異常スペックに驚愕のコメントが爆速で流れていく。

（たまに見るほかの方の配信でもそうですけど、ネットの皆様はやっぱりノリが良いですわね。こういうオーバーリアクションで動画を盛り上げてくださるのは滅茶苦茶ありがたいですわ）

しかしカリンはそれをネット特有のノリと判断。

嬉しいですわ！　わたくしも頑張って応えませんと！　とさらに自分を奮起させる。

〝あ、あの……いちおう確認なのですが、これがカリン様の言うお優雅なダンジョン攻略でして……？〟

「当然ですわ！」

目に止まったコメントにカリンが大きく頷く。

「ドレスを纏《まと》ってお紅茶を嗜《たしな》み、一切の被弾を許さず相手を葬り去る……これこそわたくしが『ダンジョンアライブ』のセツナ様から学んだお優雅なダンジョン攻略でしてよ！」

そしてウォーミングアップは終わりとばかりに、迫り来るモンスターを蹴散らし紅茶を嗜みながらこれまで以上の速度でダンジョンを突き進み始めた。

〝うっそだろこいつｗｗｗ〟

〝マジで紅茶飲みながらダンジョン進んでるぞおい!?〟

〝どうなってんだこれｗｗｗ〟

〝背景がダンジョンなの除けばマジで良いとこのお嬢様が紅茶飲みながら散歩してるだけに見えるレベルの余裕で草〟

〝いや表情とかはそうだけど速度が散歩のそれじゃねえよｗｗ〟

〝いくら上層だからってありえんだろ!?〟

〝あかんｗｗｗ　俺いま会社なのにオフィスで爆笑してるｗｗ　なんだこれｗｗｗ〟

〝世のフェイク動画作成者は反省しろｗｗｗ　現実のほうがよっぽどヤベェじゃねえかｗｗ〟

〝フェイク作成者として言わせてもらうがこんな動画作っても一発で嘘バレして再生数伸びねえよ！〟

〝フェイク動画作成者とかいうカスの言い分にはじめて納得しましたわ〟

〝あの動きにくくて面積増やすだけのドレスにマジで一発もかすってねえｗｗ〟

〝へー、『ダンジョンアライブ』って実写化してましたのね（白目）〟

〝上層くらいなら大して見所もないだろと思って遅れてきたらとんでもないもの見せられましたわ……〟

〝遅刻お嬢様震えてておハーブ〟

〝いま来たんですがなんだかわたくしの知ってる「優雅」と違いましてよ!?〟

〝なに言ってますの？　この虐殺こそカリンお嬢様の言う「お優雅」ですわよ？〟

〝ま、まあ確かに「優雅」と「お優雅」は違いますわね……〟

〝お優雅　↑　これもうカリンお嬢様用語だろｗｗ〟

〝草〟

時間差でカリンの生配信に集まってきた視聴者も含め、カリンの凄まじい攻略風景にどんどんコメントが流れていく。

（わ、わたくしの攻略動画にこんなたくさんのコメントが……！）

攻略開始から数分とは思えない盛り上がりに、時折ちらちらとコメントを確認するカリンも思わず打ち震える。コメント、同接ともに永遠のゼロだったかつての虚無地獄が嘘のようだ。

だがその一方、

〝うせやろ……アニメリスペクト云々はユニークスキルの詳細を誤魔化すための方便かキャラ作りだと思ってたのに、まさかこの子ガチでセツナ様再現しようとしてる……!?〟

〝控えめに言ってどうかしてますの……〟

〝ぶっちぎりでイカれた女ですわ……〟


（盛り上がっている割に「お優雅」とはあまり思ってもらえてないような……）

このチャンネルのコンセプトはあくまで「お優雅なダンジョン攻略」。

チャンネル登録者数が増えるのはいいのだが、「お優雅」と思ってもらえていない状態で増えてもそれはいずれカリンの魅せたい配信内容とのズレとなり、登録者数の減少やコメント欄の荒廃に繫《つな》がる。コンセプトが上手く伝わっていないというのは少し気になるところだった。

現状ではわりと理想どおりの攻略ができているはずなのだが……どうしてお優雅と思ってもらえないのだろうか。

（はっ、そうですわ！）

そこでカリンはふと気づく。

（わたくし全然回避をしてませんでしたの！　確かに殴ってばかりでは少しお優雅ポイントが足りませんでしたわね！　こういうときは――あ、ちょうどいいですわ！）

と、折良く通路の奥から近づいてきた気配にカリンは視線を向けた。

「「「オオオオオオオオオオオオッ！」」」

迫り来るのはいままでと同じヘルハウンドの群れ。

しかしいままでとは勝手が違った。

「ゴオオオオオオオオッ！」

一際体格の大きいヘルハウンドが十数頭の群れを統率しているのだ。

武器を持ったゴブリンを背中に乗せている個体もおり、その連携は高度。

ダンジョンの広い通路を使って四方八方からカリンに襲いかかる。

だが、

「ちょっと殴りすぎて手が疲れたので休憩ですわ」

「「「グルッ!?」」」

当たらない。

四方八方から迫るモンスターの攻撃をカリンはすべて回避していた。

そのあいだも当然紅茶はこぼさない。

そんなふざけた芸当をしているにもかかわらず、モンスターたちはそのひらひらしたドレスの端にすらまったく触れられなかった。

〝ふぁーwww〟

〝マジでどうなっとんねんこれw〟

〝カリンお嬢様の動きがやばすぎてなんかもう社交ダンスの動画を倍速再生してるみたいなんだが!?〟

〝ゴブリンとヘルハウンドも困惑しとるやんけww〟

〝この期に及んで紅茶がこぼれてないことにわたくしたちも困惑ですわ……〟

〝いくら上層モンスターとはいえヘルハウンドの統率攻撃がなんでドレスにかすりすらしねえんですの!?〟

〝わたくしがはじめて統率攻撃食らったときのあの苦労は一体……〟

「ええと、みなさまどうでしょう？　お優雅ですわよね？？」

〝なにモンスターの群れから全方位攻撃受けながらコメント欄凝視《ぎょうし》してんですのこの方!?〟

〝この子まさか手が疲れたとか言ってわざとモンスターの群れに飛び込んだの!?〟

〝歩きスマホどころの騒ぎじゃありませんわ!?〟

〝わかったわかった！　お優雅だから！〟

〝とってもお優雅ですわよ！（必死）〟

〝お優雅だからちゃんと集中してくださいまし!?　見てるだけで怖いですの！〟

〝てかなんでスマホ凝視でモンスターの攻撃全部回避できてんですの!?〟

〝いま真後ろからの攻撃も当たり前のように避《よ》けましたわよ!?〟

〝感知系スキルもカンストしてますの!?〟

（あ、やっぱり回避も重要だったみたいですわ）

なんだかちょっと言わせてしまった感もあるので要検討ではあるが……それでも少しはお優雅に思ってもらえたことにカリンは満足。

そのまま回避も織り交ぜつつ、あくまで前座でしかない上層を一気に突破した。

「ふぅ、上層攻略完了ですわ！」

中層に続く大穴の前でカリンは一息つく。

とはいえ彼女の息はまったく乱れておらず、その肌にも汗ひとつない。

当然ドレスは無傷であり、紅茶はちょくちょく口にした以外一滴もこぼれていなかった。

「今日はお紅茶攻略というのもあって普段より少し時間がかかってしまいましたが……みなさまいかがでしたかですわ。退屈などされませんでした？」

ちらりと攻略時間を確認したカリンは少々お優雅魅せ攻略にこだわりすぎて動画のテンポが遅くなってしまったかも……と心配しながら画面の向こうに問いかける。


〝退屈なんてしてる暇ねえよ！〟

〝いや攻略時間早すぎておハーブ〟

〝ベテラン配信者の倍近い速度で攻略してませんこと……？〟

〝なんであんなふざけた攻略法でタイムアタックみたいな速度が出てるんですかね……〟

〝そもそもなんで攻略できてんだよ！〟

〝ドレス無傷はまだしも紅茶をこぼさずとかそこらの道を踏破するのも無理でしてよ!?〟

〝お紅茶攻略とかいう頭おかしくなりそうなパワーワード〟

〝最初は唖然としてたけどなんか見入っちゃったわ……これはお優雅〟

「……っ。ならよかったですわ。ではちょうど飲み干してしまったお紅茶を水筒から補充して、っと。ひと口いただいてから今度は中層のほうを――ぶおほっ⁉」


〝ちょっ、汚ねえですわ⁉〟

〝なんで急に紅茶吹き出してますの⁉〟

〝せっかくガチでお優雅だと思ってたのに台なしだよ！〟


突如紅茶を吹き出したカリンお嬢様のはしたない姿へ一斉にツッコミが入る。

だがそんなカリンはそんなコメント欄に気づかず愕然《がくぜん》と声を漏《も》らした。

「ど、同接七万ですの……⁉」

これまでコメント欄ばかり気にして見落としていたが、同接が凄まじい数字になっていたのだ。昨日の雑談配信がマックス五万。まだ上層を超えただけだというのにそれを悠々と超えてしまっていた。

影狼《かげろう》ボコ事件から少し間があき、多少は注目度が落ちるだろうと思っていたのだが……予想外の数字にお紅茶を吹いたこともすぐに忘れて見入ってしまう。

〝うおマジやんけ⁉　おめ！〟

〝呆気にとられててわたくしたちも気づくのが遅れましたわ⁉〟

〝七万突破記念！〟

〝いくらバズった直後とはいえ上層攻略配信でこれはヤバイ〟

〝そりゃあんなトンデモ映像見せられたらな……〟

〝なんなら七万でも少なすぎですわ〟

〝まだ配信中なのに切り抜き動画が乱立しまくってて草〟

〝紅茶飲みながら上層ノーダメ突破してる頭のおかしいお嬢様がいるって呟きがバズってたんですけどこの生配信でいいのかな……？〟

〝切り抜きから来たんですけど、これ生配信風フェイクじゃないんですか⁉〟

〝新参の方ですわね。恐ろしいことにガチの生配信でしてよ……〟

〝あまりのことに「お紅茶ＲＴＡ」や「ダンジョン舞踏会」と一緒に「フェイク動画」までトレンド入りしてんのほんま草〟


どうやら上層攻略の様子が現在拡散されまくっているらしく、七万を突破していまなお視聴者数が伸び続けていた。

切り抜きのおかげでまたＳＮＳのトレンドに上がっているようで、それに釣られてきたと思《おぼ》しき新規コメもゴリゴリ増えていく。

「〜〜っ。皆様拡散していただいて本当にありがとうございますですの！　それではこれから下層を目指して、まずは中層を攻略してまいりますわよ！」

視聴者の協力によってさらに増える同接と祝福のコメントになんだかちょっぴり泣きそうになりながら——紅茶を吹いたことは七万突破のどさくさでなかったことにしてカリンは中層へと飛び込んだ。

▼第11話　お優雅ダンジョン攻略　その3

七万二千……七万三千……切り抜き拡散とトレンド入り効果で同接が伸び続けていくなか、カリンはダンジョン中層に足を踏み入れた。

〝この子中層でもまだ紅茶持ってるの!?〟

〝上層はなんやかんやでレベル獲得したばっかの駆け出しでもいけるとこだからまだしも中層はさすがに……〟

〝言うて中層も結構な数の探索者がメインで活動する場所ですしいけるのではなくて？〟

〝つっても中層からは当然モンスターの強さも数も増すし、専業探索者がパーティ組んで活動する場所だろ？　さすがにキツいんじゃないか？〟

上層に引き続き紅茶を片手にダンジョンを突き進むカリンを心配する書き込みがコメント欄を流れていく。だが、

「えいや！　ですわ！」

ドパパパパパパァン！

それは完全に杞憂《きゆう》だった。

モンスターの数も強さも増した中層。

そこでもカリンは引き続き不可視パンチと絶対回避を駆使。

迫り来るモンスターたちを壁の染みに変え、紅茶をこぼすことなくダンジョンを突き進んでいた。

〝ふぁーｗｗｗ〟

〝中層も瞬殺&ドレスで完全回避かよｗｗ〟

〝このお嬢様マジでイカれてますわｗｗｗ〟

〝え、上層を曲芸攻略してるって聞いてきたんですけどこれ中層なんです⁉〟

〝攻略速度速すぎて情報が追いついてないですわｗｗ〟

〝わたくしたちはついていけるでしょうか、お嬢様のこのスピードに……〟


当然のように上層と同じ調子で突き進むカリンにコメントが沸き立った。

が、そうして中層を進むことしばし。


「「グルアアアアアアアアアアアアアア！」」

大量の雄叫びが中層に木霊《こだま》した。

上層で遭遇したヘルハウンドの統率された群れ――それを遥かに上回る数のモンスターがカリンの前に出現したのだ。

さらに群れの後方で、ブブブブブブブブブッ。無数の羽音が響く。

巨大な毛虫に羽根が生えたような昆虫型の怪物、フライキャタピラーだ。


〝うわ出た〟

〝中層のクソモンス筆頭！〟

〝しかも群れと一緒かよ！〟

〝最悪ですわ！〟

〝せっかく伸びまくってる同接の勢いが落ちたらこいつらのせいですわよ！〟

コメント欄がフライキャタピラーへの罵倒で満ちる。

フライキャタピラーは探索者や配信者ファンから蛇蝎《だかつ》のごとく嫌われているモンスターだった。

その理由は全身から生えた鋭利な棘《とげ》。

フライキャタピラーはこの針を遠距離からひたすら撃ち込んでくるのである。

その嫌らしい戦術から基本的に弓矢持ちや希少な魔法スキル持ちが対処することになるのだが、かなり距離をとってくるうえにモンスターとしては比較的小柄な体軀《たいく》でぶんぶんと飛び回るものだから攻撃を当てるのが非常に難しい。

そのうえ今回のように大量のモンスターとともに現れた場合、対処はかなり面倒だった。

命がけで戦う探索者からはもちろん、引き撃ちを繰り返すフライキャタピラーとの間延びしがちな戦闘は配信ファンからも不評で、どの界隈からも絶対的な「クソモンスター」と忌み嫌われているのだ。


〝カリンお嬢様これ素手だと遠距離攻撃手段がないんじゃありませんこと!?〟

〝カリン様ならすぐ追いつけそうだけど……群れもいるしなんにせよ面倒だな〟

〝これはさすがにお紅茶いったん置いてちゃんと処理したほうがいいですわよ!〟

ドガガガガガガガ！　無数の針が発射され、コメント欄もカリンへの忠告で溢《あふ》れかえる。

だがそんななか、

「よいしょっ」

「ブモッ!?」

四方八方から迫るモンスターの攻撃や針の一斉掃射を当然のように避《よ》けつつ——カリンは紅茶を持っていないほうの手で猪の中型モンスター《ダンジョンボア》の頭を鷲摑《わしづか》みにした。

「フライキャタピラー、群れと一緒に現れてくれてよかったですの」

そしてカリンはダンジョンボアをそのまま大きく振りかぶり、

「あの面倒な飛行モンスターにはこれが一番効きますもの！」

キュイン——ドゴオオオオオン！

「ブモオオオオオオオオッ!?」

「ギイイイイイイイイッ!?」

大気を貫く凄まじい風切り音と衝突音、そしてモンスターの断末魔《だんまつま》が轟《とどろ》いた。

体長一・五メートルはあるだろう猪型モンスターをカリンが投擲《とうてき》し、フライキャタピラーを撃墜したのだ。

〝ふぁ⁉〟

〝いや、え？〟

〝は？〟

〝もしかしてですけどいまダンジョンボアを投げましたの⁉〟

〝ちょっ、さすがになんかの見間違いじゃあ……〟


困惑のコメントが大量に流れていく。だが、

「そりゃそりゃそりゃそりゃそりゃ！　ですわー！」

ドガガガガガガガガ！

「「「グギャアアアアアアアアアッ⁉」」」

「「「ギイイイイイイイイイイッ⁉」」」

もはや見間違いなど疑えないほど連続でカリンがモンスターを投げまくり、次々とフライキャタピラーを撃墜していった。

さすがに紅茶を持った状態では外すこともある。

だが衝撃波を伴うモンスター投擲《とうてき》はかすっただけでフライキャタピラーを地面に叩き落とし、再び飛び上がる前にカリンの第二投が激突して粉々になる。

中層最悪の脅威が、紅茶片手のお嬢様によって一方的に蹂躙《じゅうりん》されまくっていた。

〝ふぁーｗｗｗｗｗ〟
〝なんだこれ!?　なんだこれ!?〟
〝どうなってますの!?　これホントにフェイクじゃないんですの!?〟
〝ダンジョンボアを片手投げはもう人間のやることじゃねえですわ！〟
〝レベルいくつになればこんなことできんだよ!?〟
〝切り抜き班もう嬉ションしとるやろこれｗｗｗ〟
〝フライキャタピラー戦がこんな爽快なことある!?〟
〝爽快っていうか豪快っていうか……〟
〝モンスターは野球ボールじゃございませんことよ!?〟
〝野球ボールでもこんな異次元剛速球にならねぇんだよなぁ……〟
〝カリン様!?　これも「お優雅」なんですの!?〟

「このやり方なら地上のモンスターと空中のモンスターを同時に潰せて効率が良いですわ！
つまりお優雅ですの！」

〝無茶苦茶すぎんだろこの自称お嬢様ｗｗｗｗ〟

〝この大蹂躙《じゅうりん》のなかでも紅茶片手にちょいちょいコメ欄を見ているという恐怖〟

〝カリンお嬢様には一度ちゃんと「優雅」を辞書で引いてもろて……〟

〝辞書（ダンジョンアライブ原作）ならしっかり読み込んでましてよ多分〟

〝そっかー。いままで弓矢や投げナイフでちまちま対処してたけど、これならアイテム消費や武器ロストのリスクなく効率的に倒せるんだぁ……〟

〝なぁんだ！　簡単じゃん！〟

〝次の攻略で真似しよっ〟

〝ダンジョンボアは天然の砲弾だった……？〟

〝しっかりいたせー！〟

〝探索者クラスタが軒並み正気失っててお八ーブ〟

〝そら（こんなもん見せられたら）そうよ〟

〝マジでどんだけレベル上げればこんなことできるんですの……？〟

「ふぅ。それじゃあフライキャタピラーも全滅しましたし、あとは普通に群れを倒すだけですわね」

　厄介な飛行モンスターをあっという間に殲滅《せんめつ》したカリンが紅茶を一口飲みつつ周囲のモンスターたちに目を向ける。その途端、ビクッ。

「「「グ、ウ、グオオオオオオオオオッ！」」」

「え」

同胞が散々砲弾にされるところを目撃していたモンスターたちがフライキャタピラーを失ったことで死を確信したのか、一斉に逃げ出した。

〝クソワロタｗｗｗ〟

〝モンスターって人間から逃げることあんのかよｗｗｗ〟

〝そりゃ逃げますわ。わたくしだってこんなゴリラお嬢様を前にしたら裸足で逃げますもの〟

「え、ちょっ、それじゃ撮れ高になりませんわ！　待ってくださいまし！」

〝追いかけんなｗｗ〟

〝撮れ高ｗｗｗ　カリンお嬢様は配信者の鑑《かがみ》ですわｗｗｗ〟

〝お嬢様のやることじゃねえんだよなぁｗｗｗ〟

〝（どっちがモンスターか）これもうわかんねぇな〟

視聴者のそんなコメントも置き去りにしてカリンは再び中層を突き進んだ。

そして、

「ちょ、ちょっと横道に逸《そ》れましたけど無事中層踏破ですわ！」

今日の目標はモンスターの殲滅《せんめつ》ではなく下層踏破だと思い出したカリンは難なく中層最奥に到達していた。


〝おめ！〟

〝はやすぎんだろ……〟

〝今度はベテランパーティの倍以上の速度やぞｗｗ　マジでどうなってんだこのお嬢様ｗｗ〟

〝よりにもよって群れを形成したフライキャタピラーと遭遇しといてこの記録はもう意味わかりませんわｗｗ〟

〝ダンジョンボア大砲の人がここで配信してるって聞いたんですけど本当ですか!?〟

〝やたら鳩が飛んでるから何事かと思ったらｗｗ　なんなんだこのお嬢様ｗｗ　ゲロ瞬殺どころの騒ぎじゃねえｗｗｗ〟

〝めっちゃ人きてんな〟

〝そりゃあんなトンデモ映像見せられればな……（二回目）〟

〝同接八万いってんじゃん！〟

「わっ、本当ですの!?」

コメントに教えてもらいカリンが視線を移せば、本当に同接八万を突破していた。

上層に引き続き、中層での攻略風景もまた切り抜き動画で大拡散。

さらには鳩――ほかの動画にカリンの活躍を書き込む者たち――の働きもあったらしく、ぐんぐん新規視聴者が増えているようだった。

(ま、まさか攻略開始から一時間ちょっとでここまで伸びるなんて……逆に怖いくらいですわね……。今回は張り切ってお紅茶をプラスしたとはいえ、わたくしわりといつもどおりに配信してるだけですのに)

バズによる後押しがいまなお継続していることにカリンは戦《おのの》く。

しかしだからといって萎縮してこの勢いを逃す手はない。

「そ、それじゃあ来てくださったたくさんの視聴者をお待たせできませんし、先を急がないとですわね。中層踏破とは言いましたが、それはまだいちおう」

カリンは張り切って背後の巨大な扉を振り返る。

「本当の中層踏破はここからですもの」

そしてその分厚い扉を押し開き、奥に広がる巨大な空間へと足を踏み入れた。

直後、

「オオオオオオオオオオオオオオオオオオオオオオオオオオオオオオオッ!!」


大気が揺れる。

ダンジョンが揺れる。

部屋の中央にだけある砂の地面を突き破るようにして現れたのは、全長十メートルはあろうかという巨大骸骨だった。

分厚い鎧を身につけ巨大な剣を担ぐバケモノの名は、タイタンナイトボーン。

中層と下層を繋《つな》ぐ巨大空間。通称ボス部屋。

その大広間の主である骸《むくろ》の巨人が、明確な殺意を持ってカリンを見下ろしていた。

▼第12話　お優雅ダンジョン攻略　その4

ボス部屋とは、ダンジョン内に存在する最大危険区域の通称だ。

ダンジョンは通常、上層、中層、下層――ものによってはさらに深層や深淵――などに分かれ、さらにそれぞれが細かい階層に分かれている。

階層同士は一般的に階段のような縦穴で繋がっており、その連結部は特にモンスターも出現せず難なく通れるようになっていた。

しかしそれは上層から中層までの話。

中層最深部以降はすべての階層間にボス部屋と呼ばれる広い空間があり、門番のように君臨する巨大モンスターを倒さねば先に進めないようになっているのだ。

そして探索者がはじめてその脅威に直面する場所こそが、ここ中層と下層を繋《つな》ぐ大広間。

いまカリンの立っている空間だった。

そこに単身踏み込んだカリンを見下ろすのは、身の丈十メートルを超える骸骨騎士、タイタンナイトボーン。

様々なダンジョンの中層ボスとして出現するもっともポピュラーな階層ボスであり、ベテラン探索者を名乗れるかどうかの登竜門として有名なモンスターだった。

ネットでは「足切り骸骨」とも呼ばれる、下層へ行くために必ず倒さなければならない存在である。

「オオオオオオオオオオオオオオオオオッ！」

ドゴゴゴゴゴゴゴンッ！

カリンの存在を認めた巨大骸骨騎士が雄叫びを上げ、その手に持った大剣を威嚇《いかく》するように振り回す。骸骨騎士の巨体と同じくらいの大きさを持つ大剣が地面や壁に叩きつけられれば、それだけで凄まじい衝撃がボス部屋に轟《とどろ》いた。

〝相変わらずボスモンスターは画面越しでも迫力が段違いですわ……〟

〝そしてあんな剣戟《けんげき》食らってヒビすら入らないダンジョン壁さん丈夫すぎる〟

〝つーかカリンお嬢様、ボスを前にしても紅茶を手放す気配がないんですがそれは……〟

〝さすがにボスモンスを前にティータイムはヤバくないですこと!?〟

〝まあでもこのお嬢様なら……〟

〝カリン様への信頼がすでに半端じゃない〟

〝いけえええええええ！　もうそのまま紅茶片手にボスもぶっ倒しちまえですわあああ！〟

「それでは、下層目指して中層ボスをサクサク倒していきますわ！」

「オオオオオオオオオオッ！」

拳《こぶし》を握ったカリンに呼応するように、タイタンナイトボーンが行動を開始した。

たった数歩でカリンとの距離を詰め、大型モンスターにふさわしい怪力で大質量の大剣を振り下ろす。生半可な防御ごと叩き潰す必殺の一撃だ。

しかしカリンはその場から一歩も動かない。

〝え、ちょっとお嬢様止まってない？〟

〝回避は!?〟

〝なにしてんの!?〟

コメントが困惑と心配で染まる。だが、

「どっせい！　ですわ！」

ドガゴオオオオオン！

カリンが気合いの声をあげた瞬間。

大剣がカリンを叩き潰す寸前に突如その軌道を変え、的外れな場所に叩きつけられた。

それでも凄まじい衝撃が発生しボス部屋を揺らすが――その隣に佇むカリンは無傷。

汚れてさえいないドレスを揺らして紅茶を口にし、悠然とタイタンナイトボーンを見上げていた。

なにをしたかといえば……カリンがその拳《こぶし》を大剣の側面に叩き込み、剣戟《けんげき》の軌道を強引にズらしたのだ。


〝え!?　なに!?　今度はなにしたのこのヤベーお嬢様!?〟

〝カリンお嬢様がトマトみたいにぐしゃっとなるかと思ってビビったんだが!?〟

〝足切り骸骨の剣戟がヒット直前に逸《そ》れた!?〟

〝え……もしかしていま大剣の側面を殴って攻撃逸らしたの……？〟

〝見えてる視聴者おって草〟

〝実力者ニキ引き続き解説してくれ……俺はもう動体視力も頭も追いつかねえ〟

〝あの……足切り骸骨の大剣攻撃は防御に秀でたタンク系探索者が交代しながら複数で受け止めて隙を作るのがセオリーって教本で読んだんですが……〟

〝この激ヤバお嬢様が教本なんて読んでるわけねえんだよなぁ〟

〝なんでや！　ちゃんと読んだうえで無視しとるだけかもしれんやろ！〟

〝そっちのほうがタチ悪いんですのよ……〟

〝ほ、ほかにもソロ攻略してる配信者はいるしそんな驚くことないやろ……〟

〝残念ながらあの大質量剣戟を（紅茶片手に）あんないなし方するバカはほかにいないんですの……〟

　コメント欄の流れが一気に早くなる。

「うりゃ！　ですわ！」

　ドガゴオオオオオオオオン！

　そしてそんななかでカリンは叩き込まれるタイタンナイトボーンの剣戟を繰り返しいなし続けていた。的確に大剣の側面を殴り、紅茶をこぼさず剣戟を逸らしまくる。

〝いやほんま草〟

〝けどなんかおかしくね？　さっきから剣を逸《そ》らしてばっかりだし……〟

〝なんで剣戟《けんげき》凌いだ隙を突いて本体攻撃しないんだ？〟

〝さすがにあの大質量攻撃を逸らすと技後硬直しちゃうとか？〟

〝素直に剣戟を大きく回避して突っ込んだほうがよくない？〟

〝お嬢様がもたついてるの珍しいな〟

〝お吐瀉物様瞬殺の実力があってもさすがに紅茶&ドレスでボスは厳しいのではなくて？〟


繰り返される大剣逸らしにコメント欄が少々困惑しはじめる。

しかしそんなコメントをよそに、カリンの振るう拳《こぶし》と大剣の激しい激突音が何度か繰り返された直後、ビシィ！　いままでと違う音が大剣から響き、

「そいや！　ですわ！」

一際強い拳が大剣の側面に激突した瞬間、バギャアアアアアアアアア！

「オオオオオオオオオオオオオオッ!?」

タイタンナイトボーンが悲鳴をあげ――幾度となく拳撃を食らっていた大剣が粉々に砕け散った。

〝!?!?　剣がぶっ壊れたんですけど!?!?〟

〝うっそだろ!?　破壊できんのかよそれ!?〟

〝上位陣が戦闘中にその剣ぶっ壊したって話は聞いたことあるけどあくまで武器や魔法ありきやぞ!?〟

〝どこまでいくんだよこのお嬢様はｗｗｗｗ〟

〝さっきカリンお嬢様の戦法疑ってたやつは謝罪な。まことに申し訳ございませんでした〟

〝これもうナイトボーンさん武器ないからなぶり殺しやんけｗｗｗｗ〟

〝いや武器なしでもあの巨体は脅威ですわ。鎧の防御もめっちゃ硬いですし〟

〝つってもあの大剣がなきゃ危険度はだいぶ下がるけどな〟

〝ん？　なんだ？〟

〝なんかナイトボーンさんの様子がおかしくね？〟

〝武器失ってヤケでも起こしたんかｗｗｗ〟

〝いやそんな感じじゃ……え、マジでなんだ？〟

武器破壊というカリンの意図に気づいて手のひらを返していたコメント欄が不意にざわつき

はじめた。

武器を失ったタイタンナイトボーンの様子がなにやらおかしいのだ。

「オオオオオオオオオオオオオオオオオッ！」

そして骸骨騎士が凶悪な雄叫びをあげた次の瞬間、その身に纏《まと》っていた鎧がどろりと融解、両の拳《こぶし》に凝縮された。一際硬度と魔力密度を増した拳が地面に叩きつけられ、先ほどの大剣とは比にならない衝撃が轟《とどろ》く。

骸骨騎士が見せたその形態変化で大混乱に陥るのはコメント欄だ。

〝えええええええええええええええええええ!?〟

〝は？　は？　は？〟

〝ちょっ、待って！　本気で待って!?〟

〝なにあれ!?〟

〝はぁ!?　特殊行動やんけ!?〟

〝足切り骸骨って特殊行動とるの!?〟

〝皆さんなにをそんなに驚いてるんですか？〟

〝ボスモンスターには特定条件を満たすと特殊技出したり形態変化するやつがいんだよ！　けどあの骨があんな行動とるなんて話は誰も聞いたことねえの！〟

〝え、それって……ヤバくないですか？〟

〝そうだよヤベえんだよ！　いろんな意味で！〟

「あれ？　もしかしてご存じない方が多い感じなんですの？」

予想外すぎる事態に爆速で流れるコメント欄。

その荒ぶりっぷりにやや遅れて気づいたカリンがのほほんとした雰囲気で言葉を続けた。

「どうもあの骸骨様、素手のソロで戦って武器破壊するとこちらに流儀をあわせてくれるのか、ああいう形態になるんですのよ。死してなお騎士道精神をお持ちなのかもしれませんわね」

〝マジですの⁉〟

〝中層ボスの足切り骸骨ってそこそこ突破してる人いるはずなんだけどそんな話聞いたことないですわよ⁉〟

〝ソロ＆素手で武器破壊が条件とかそりゃ知ってるヤツおらんわ！〟

〝いやこれ普通に大金とれる情報じゃねーか⁉〟

〝てかちょっと待って⁉　ナイトボーンさんなんか動き速くなってね⁉〟

「オオオオオオオオオオオオオッ！」

大騒ぎのコメント欄で指摘されたように、タイタンナイトボーンの動きはそれまでとはまったく別物になっていた。

全身を覆っていた分厚い鎧を手の甲にだけ集中させたことで明らかに速度と攻撃の威力が上がっている。

ドガガガガガガガガガ！

数歩でカリンとの距離を詰めて両の拳《こぶし》から放たれるラッシュ。

手数も速度も大剣装備時とは別物となっており、鋼鉄の拳が何度もダンジョンの床に叩きつけられ轟音を響かせた。

だがカリンはその猛攻を紅茶片手に完全回避。

「そうですのよ。コメントでも指摘があったように、骸骨様はこの形態になると速度が跳ね上がりますの。けどその代わり――」

言いつつカリンはぐっと足に力を込め、紅茶をこぼさないよう気をつけつつ踊るようにタイタンナイトボーンの懐《ふところ》へ踏み込んだ。

「剣のリーチを活《い》かした牽制《けんせい》と鎧の防御が失われて、とっても倒しやすくなるんですのよ！」

ドッゴオオオオオオオオオオオオオン！

「オオオオオオオオオオオオオオッ!?」

一閃。

カリンが拳を振り抜いた瞬間、轟音とともにタイタンナイトボーンの腰骨が粉砕。

「体の要」とも書くその部位を失った巨大モンスターはそのまま崩れ落ち――二度と動くことはなかった。

▼第13話　お優雅ダンジョン攻略　その5

「よし、やりましたわ！」

下層へ行くための最大の関門を粉砕したカリンは軽くガッツポーズを作った。

中層ボス・タイタンナイトボーンが完全に倒されたことを示すように、ガコンッと下層へ続く扉が開く。


〝マジかあああああああああああああ!?〟

〝準備が必要とはいえ実質一撃で中層ボス撃破ですわああああああああ!?〟

〝うわあああああああああ!?　突破にあんだけ苦労した骸骨騎士がああああああ!?〟

〝下層進出ベテラン探索者ニキ涙拭けよ……〟

〝うっそだろ……〟

〝あのこれ……もしかしてタイタンナイトボーン討伐最速記録では……？〟

〝ガチのトップ層はほぼ配信しないからあくまで暫定《ざんてい》だけど、配信勢では間違いなく最速〟

〝パーティで挑むよりソロで挑んだほうが効率良いのはバグだろ足切り骸骨さんよぉ！〟

〝実質カリンお嬢様にしか実現不能なのでまあ……〟

〝とんでもないもの見せられましたわね……〟

〝中層ボスも楽勝だろうとは予想してたがまさかこんな……未確認の特殊行動って……〟

〝おい……これもしかして最速討伐&初の足切り骸骨形態変化観測ってことでめっちゃ価値のある資料映像なんじゃ……〟

〝形態変化で攻撃力と速度があがったほうが倒しやすいってなんなんですの⁉〟

〝カリンお嬢様ヤバすぎですわ！〟


中層ボス突破に沸き立つコメント欄。

しかもどうやらタイタンナイトボーンの形態変化はほとんど知られていなかったことらしく、とんでもない量のコメントが流れていた。回線の限界なのかカクついて表示されないものも多く、カリンの動体視力をもってしても把握しきれないほどだ。

「うひぇ⁉　ま、まさかこんなにウケるなんて……あ、じゃあもしかして皆様これもあまりご覧になったことがないのでしょうか？」

コメントの勢いに仰《の》け反《ぞ》りつつ、カリンがぱっと笑みを浮かべる。

そして早くも一部が灰になりつつあるタイタンナイトボーンの残骸から拾い上げたのは、人の頭よりも二回りは大きな鉄塊《てっかい》だった。

〝え、ちょっ〟
〝おいおいおいおいおい！〟
〝まさかそれ特殊条件下で出るレアドロップですの⁉〟
〝うっそだろ⁉　特殊条件ドロップまであんのかよ！〟
〝さっき両の拳《こぶし》に凝縮させてた鎧の欠片《かけら》⁉〟
〝あの骨マジでどんだけ裏情報あるんですの⁉〟

「はい、皆様の予想どおり、なんかこの形態で骸骨様を倒すとよくドロップする綺麗《きれい》な石ですわ！」

浮遊カメラによく映るよう頭のうえに掲げつつ、カリンが元気いっぱいに鉄塊の正体を告げた。

モンスターの死体は通常、時間が経つとダンジョンに吸収されてしまう。

しかし時折こうして死体の一部が持ち帰り可能な状態で残り、武器や防具、あるいは最先端技術を支える材料になるのだ。

命がけでの採取となるモンスター素材は常に高値で取引され、探索者の主な収入源となる。

ボスモンスター、それも特殊条件下でしかドロップしないものとなればその価値は計り知れないものがあった。

「綺麗《きれい》ですわよね。というわけでしっかりカメラに映したのでポイしますわ」

ドゴンッ、ゴロゴロゴロッ。

そしてその希少ドロップアイテムを、カリンは撮影するなり無造作に投げ捨てた。


〝え、ちょっ、なにしてるんですの⁉〟

〝それを持ち帰らないとか正気か⁉〟

〝公式記録のない素材とかいくらになると思ってんですの⁉〟

〝中層ボスのドロップとはいえ希少性とか考えたら多分八桁はいくぞ⁉〟

〝まさかここにきてお金に頓着《とんちゃく》しないお嬢様キャラムーブですの⁉〟

〝なんで捨ててるの⁉〟

「え、なんでって……未成年はダンジョン産出品を持ち帰れませんもの……」

〝あ〟

〝あ〟〝あ〟

コメントの勢いに少し気圧されたようなカリンの言葉に画面が「あ」で埋め尽くされる。


〝そ、そうでしたわ……カリンお嬢様まだゴリゴリのJKでしたの……〟

〝申し訳ありません、あまりのことに色々頭から吹っ飛んでましたわ……〟

〝まさかカリンお嬢様に常識を諭されるなんて……〟

〝一生の不覚ですの……それはそれとして申し訳ございませんでしたわ〟

〝うわぁ……もったいなさすぎる……〟

〝うわあああああ！　冗談抜きでもったいないですの！　お嬢様には遭遇したくないですけどあのレアドロップ拾いにいきたいですわあああ！　どこのダンジョン潜ってますのおおお！〟

〝強欲お嬢様の絶叫草〟

〝だから未成年も条件つきで素材換金解放したほうがいいんだって！〟

〝そこはしゃーない。未成年解禁したら選択肢の少ない貧困層の子とかから死んでくし〟

〝思考停止って言われようがとにかく一律禁止しとかないとどんな抜け穴使われるかわからんしな……〟

そう。現在日本では未成年のダンジョン産アイテム持ち帰りが禁止されており、カリンのような学生探索者はレアドロップを前にしても捨てるほかないのだ。

（まあわたくしの場合、実は捨てる以外の選択肢もあるんですけど……）

下層踏破を目指しているいまは特に関係ないので、いずれにせよ投棄《とうき》一択だった。

（けどまさかこんなに骸骨様の素材を欲しがる方がいるなんて……）

驚いたカリンはなんだか少しがっかりしたようなコメント欄を温め直すように、

「まあさっきも言ったようにソロの素手で武器破壊して防御低下高速機動状態にしてから骸骨様を倒すとそこそこ頻繁にドロップするので、欲しい方は試してみてくださいですわ！　中層突破の時間短縮にもなりますわよ！」


〃〃〃いやできるわけねぇですわ!?〃〃〃

「あ、あれ？」

謎《なぞ》の一体感を示したコメント欄にカリンはまたしても困惑するのだった。

▼第14話　お優雅ダンジョン攻略　その6

カリンが規格外のやり方でタイタンナイトボーンを下《くだ》したあと。

少しばかり冷静になったコメント欄ではなにやら少し議論めいた書き込みが増えていた。

〝ソロで足切り骸骨を倒すだけなら上位層にできるヤツちょいちょいいるけどさ……〟

〝武器なしであの大剣破壊してから速度あがったナイトボーンを相手にしろとか……〟

〝控えめに言って無理ゲーですの〟

〝にしても、無理ゲーってのはおいといて足切り骸骨の未確認ドロップ獲得条件とかマジモンの希少情報やろ……〟

〝あんま役には立たん情報だからちょい値は下がるだろうけど、ボスのレアドロップ獲得条件、さらには公式記録のないヤツだからな。情報だけでもいくらで売れるやら……〟

〝下層や深層ならまだしも、昔からある都内ダンジョンの中層でまだあんな新情報があったんですのね……〟

〝なんか冷静になればなるほどヤバすぎるな……〟

〝てかいまさらだけどカリンお嬢様、これ切り抜きガンガンあがってるけどタダで拡散させちゃって大丈夫ですの？　さすがに使用料とか決めといたほうがいいのではなくて？〟

と、少しばかり真面目な雰囲気になっていたコメント欄に切り抜きに言及する声があがる。

一部の配信者は切り抜き動画に関して何割かの使用料を求めていることが多い。

再生数に応じて元動画の投稿者にもお金が入るよう正式に契約するのだ。

特に今回の配信ではその情報だけで大金になるようなアレコレが映像と解説つきで切り抜かれている。タダで拡散させていいのかと視聴者が心配するのは当然だった。

だが、

「問題ありませんわ！」

それに関してカリンの答えは明快だった。

「お嬢様たるもの動画使用料などとケチ臭いことは言いませんの！　完全フリーですのでどんどんわたくしのお優雅な姿を広めてくださいまし！」

もちろんお金はあるに越したことはないが、カリンにとって配信は『ダンジョンアライブ』のセツナのようになるためのもの。多くの人にお優雅なダンジョン攻略の様子を見てもらいたい、かつての自分のように楽しんでほしいという目的で始めたのだ。

切り抜き動画の拡散はチャンネルの成長にも極めて重要。

使用料をとることで拡散の勢いや切り抜き動画の数を減らしてしまうのは避けたかった。


〝マジですの⁉〟

〝そこ断言しちゃうんだ!?〟

〝っしゃああああああああああ！〟

〝マジかあああああああああああ！〟

〝こんだけの情報を使用料ゼロの切り抜きで拡散ＯＫなの大盤振る舞いすぎますわ……！〟

〝言質《げんち》取りましたわ！　切り抜きまくりですわ！〟

〝さすがはナチュラルボーンお嬢様！〟

〝一生ついていきますの！〟

〝苦学生っぽい実態が見え隠れしてるのにマジで精神が黄金のお嬢様だから困る（困らない）〟

〝こんな動画が切り抜き完全フリーとか最終的に同接と登録者数どんだけ伸びるんだ……〟


とカリンの宣言にコメント欄が再び盛り上がっていたところ、

〝カリンお嬢様！　同接みて同接！　凄いことになってますわよ！〟


「えっ？　……っ!?　ど、同接十万ですの!?」

そのとんでもない数字にカリンはぎょっと目を見開いた。

さすがに桁数がなにかおかしいのではと数え直すのだが……変わらない。

下層を前にして、同接数十万という大台に乗り上げていた。

チャンネル登録者百万二百万を抱えるダンジョン配信者トップ層でも簡単には叩き出せない数字。しかもその数は現在進行形で増え続けている。


〝はっっっっや!?〟

〝足切り骸骨戦前は八万とかじゃなかった!?〟

〝中層踏破で一万増だったのにこの短時間で二万も増えたのかよ……〟

〝そりゃあんなトンデモ映像見せられればな……（三回目）〟

〝やべぇ……いまツブヤイター覗いたら「お紅茶RTA」や「ダンジョンボア大砲」に続いて「未確認特殊行動」や「新規ドロップアイテム」なんかの関連単語が続々トレンド入りしてる……〟

〝トレンド入り爆速すぎて草〟

〝そら（あんな新情報が発覚したら）そうよ〟

〝これ下層踏破する頃にはカリンお嬢様がトレンド独占しているのではなくて……？〟

〝なんかどさくさで「＃骸骨お前ポケットにまだ新情報隠し持ってんだろジャンプしてみろ」とかいう謎《なぞ》の便乗タグが爆誕してておハーブ〟

〝ツブヤイターの有名探索者界隈がなんかざわついてるから覗きにきたらボス級未確認ドロッ

プアイテムがゴミみたいに投げ捨てられてて草ァ〟

〝ヤバいヤバいとは聞いてたけどあまりにヤバすぎて草どころかもはや森〟

〝伝説になるやろこの配信〟

〝もうとっくに伝説ですわ定期〟


切り抜きフリー宣言に加えて同接十万という大台に乗ったことでコメント欄が沸きに沸く。

どうやらバズによって界隈の有名人にも補足され、そこからも人が流れ込んでいるらしい。配信にやってきたばかりと思《おぼ》しき書き込みも多数あった。

「皆様の応援と拡散のおかげですわ！　本当にありがとうございますですの！　それじゃあ引き続き、下層に潜っていきますわよ！」

そしてその熱に押されるように、カリンは胸の前でぐっと手を握って今日の最終目標であるダンジョン下層へと進んでいった。


〝いよいよ下層か〟

〝問題はこっからだよな……〟

〝これまでの道程&お吐瀉物様瞬殺で実力は折り紙付きとはいえ、マジで女子高生がドレスの素手で下層に行くのか……〟

〝お紅茶もあるぞ……〟

〝ここまできたらもう不安なんてないとはいえ実際どうなるか……〟

『別世界』ともいわれる下層。

なんの躊躇《ためら》いもなくその魔境《まきょう》へと突っ込んでいくカリンのドレス姿に、視聴者たちが隠しきれない緊張を滲《にじ》ませていた。

▼第15話　お優雅ダンジョン攻略　その7

〝すげぇ、マジでドレスのまま下層にカチ込んでる……〟

〝本当に大丈夫なんかなこれ〟

〝まあこれまでの無茶苦茶っぷりからして心配ないとは思うけど……〟

〝とはいえ同接十万とかプレッシャーやばそうだし万が一のミスもありそうでな……〟

〝下層以降はマジもんの魔境ですものね……探索慣れしたベテランでも一瞬の油断で、なんて話がいくらでもある場所ですわ……〟

〝下層配信はいつ見ても落ち着かないですわね……〟

カリンの下層突入に伴い、コメント欄の雰囲気は様変わりしていた。

同接十万突破の賑わいは鳴りを潜め、カリンを心配するコメントが多くを占めている。

それほどまでにダンジョン下層というのは危険極まりない領域だった。

下層は上層中層と一線を画す『別世界』。

それというのも、下層ではモンスターたちの内包する魔力が跳ね上がるのだ。

桁違いの魔力を有するモンスターたちは破格の戦闘力を発揮するばかりか、近代兵器をはじめとした通常物理攻撃の通りが極端に悪くなる。

頑丈というより、文字どおり理《ことわり》の違う存在になってくるのである。

言ってしまえば幽霊にお札《ふだ》やお経は効いても近代兵器が通用しないようなもの。

そのデタラメっぷりはダンジョン発生初期に各国の軍隊精鋭が軒並み下層で敗走したほどだ。

探索者たちが銃を使わず魔力の込めやすい剣や弓、あるいは素手で戦う最大の理由であり、武器や防具の材料に魔力との相性が良いダンジョン産出品が好まれる理由でもあった。

加えて下層には複数のボス部屋が存在しており、その力はタイタンナイトボーンと比べて数段上。まさに魔境と呼ばれるにふさわしい領域であり、専業探索者でも上位数%しかまともに活動できないといわれている危険地帯なのである。

そしてそんな『別世界』において――カリンは自らの準備不足を全力で悔いていた。

「……っ！　わ、わたくし一生の不覚ですわ……！」

その致命的なミスにカリンは頭を抱える。

「お紅茶が……お紅茶が切れてしまいましたの……！」

そう。紅茶がなくなってしまったのだ。

配信にあたって十分な量を水筒につめてきたつもりだったのだが、なんやかんや想定を遥かに超える視聴者数に緊張していたのだろう。無自覚に紅茶を口にする回数が増えていたようで、下層突入と同時に飲み干してしまったのだ。

「も、申し訳ございませんですわ！　完全な準備不足ですの！」

浮遊カメラに向かってカリンは慌てて頭を下げる。


〝いやこの子マジで下層でも紅茶縛《しば》りやろうとしてたんですの!?〟

〝わたくしたちは一体なにを謝罪されてるんですの!?〟

〝いくらなんでも余裕すぎて草〟

〝あれ？　この子もしかして本気で頭がおかしい……？〟

〝それはもうドレスでダンジョンに潜ってる時点で……〟

〝いやさすがに下層でお紅茶縛りは無理だから紅茶が切れたって体《てい》でやめたんでしょ。……そうだよね？〟

〝このお嬢様がそんな腹芸できるかというと……〟

〝ほらよ、お嬢様が探索開始時にお紅茶飲みだしたときの演技切り抜きですわ　↓　URL〟
〝大根すぎる……〟
〝山田《やまだ》カリン、恐ろしい子……！（これが演技ではないという意味で）〟
〝なんにせよ下層でまであんなバカな真似続けないみたいでほっとしてるよ……〟
〝このお嬢様なら大丈夫な気はするけど、それはそれとしてハラハラして見れたもんじゃなくなりそうだしな……〟
〝てゅーか下層で頭下げないで！　ちゃんと周り注意してくださいまし！〟

「くっ、やはりもっとたくさんお紅茶を用意しておくべきでしたわ……いやでも最近はお紅茶も高いですしどうしようもありませんでしたわね……」

さすがに下層での紅茶装備は進行速度が落ちる懸念があるし、ドレスによる全回避攻略でも十分にお優雅な配信にはできる。

さいわい視聴者からも特に不満はないようだし、ここは動画のテンポを優先したと思って割り切るしかなさそうだった。

（真冬《まふゆ》にも気負いすぎるなとは言われてますし、最初から全開にしてのちのちの配信ネタがなくなってもいけませんものね。それにしても……）

どうにか自分を納得させたカリンはスマホの画面に目を向けた。

（……し、視聴者数の増加が止まりませんわ）

見れば先ほど十万を突破したばかりの同接数は十万千、十万千五百とさらに伸び続けていた。先ほどコメント欄で報告のあったバズに加え、カリンが実際にドレスで下層へ足を踏み込んだことがさらに人を呼んでいるらしい。

（改めて現実味がありませんわ……二日前までとやってることは大して変わりませんのにとカリンがたった二日前まで同じ下層で同接ゼロに絶望していたことを思い出していたとき。

「あ、なにか来ますわね」

通路の奥から気配を感じ、カリンは思考を中断。

視聴者へ会敵を知らせる。

そしてカリンがもう必要なくなったティーカップを懐《ふところ》にしまうと同時――下層に入って初のモンスターが姿を見せた。

それは牛の頭を持つ筋骨隆々《きんこつりゅうりゅう》の怪物。

「ブルオオオオオオオオッ！」

〝うわマジか⁉〟

〝いきなり下層最強が来んのかよ⁉〟

〝カリンお嬢様引きが強すぎませんこと⁉〟

ミノタウロス。

ボスをのぞいて下層最強とも評される凶悪なモンスターが、蒸気機関のような鼻息とともに雄叫びを轟《とどろ》かせた。

▼第16話　お優雅ダンジョン攻略　その8

「ブルオオオオオオオッ！」

カリンの眼前で、二メートルはあろうかという牛頭の怪物が唸りをあげていた。

はち切れそうな筋肉は暴虐を孕《はら》み、全身に圧倒的な破壊と暴力の気配が満ちている。


〝ミノタウロス来たあああああ！〟

〝いきなり下層最強格とか大丈夫か!?〟

〝いやまあこのお嬢様相手にするならむしろこのくらいじゃないと〟

〝多分大丈夫だと思うけど気をつけてお嬢様！〟


下層に潜っていきなり出現した下層最強級モンスターにコメント欄も加速する。

カリンを心配する者、その強さに信頼を置いて応援する者など様々だ。

「安心してくださいまし皆様」

そんなコメント欄を安心させるようにカリンが胸を張る。

「わたくしこの牛さんの扱いは熟知してますので」

「ブルオオオオオオオオオオオッ！」

言葉が通じたわけではないだろう。

だがそのカリンの態度を挑発と受け取ったかのようにミノタウロスが吼《ほ》えた。

二足歩行だったその体をぐっと屈め四足に。

それはさながらクラウチングスタートのようで、

〝あ〟

〝いきなり来ますわ！〟

〝ミノタウロスの突進ですの！〟


ミノタウロスの発達した足が膨張した瞬間――ボッ！

ドッゴオオオオオオオオオオオオオオオオン！

凄まじい轟音がダンジョン下層を揺らした。

カリンに突進を仕掛けたミノタウロスが凄まじい勢いでダンジョン壁に突っ込んだのだ。

「危ないですわね」

カリンはその突進を難なく避《よ》ける。

が、コメント欄の反応は安心一色とはいかなかった。


〝お嬢様普通に避けてる！〟

〝さすがはカリンお嬢様ですわ！〟

〝いやでもこれ威力ヤバイな!?〟

〝はっっっや!?〟

〝浮遊カメラ視点でもまともに動きが追えねぇ……〟

〝そりゃバケモノ揃いの下層でもミノタウロスの突進速度と破壊力は随一ですもの……っ！〟

〝やっぱ下層ヤベェな……〟

〝特にミノタウロスは何回見てもヤバイ〟

〝いままでのモンスターとは冗談抜きで格が違う〟

〝紅茶捨てたとはいえ、これはさすがにいままでみたく全回避の瞬殺は難しいんじゃ……〟

〝一撃避けただけじゃ油断できませんわよ！〟

その懸念を体現するように、下層最強のゆえんである雄牛の突進《ブルラッシュ》は止まらない。

「ブルオオオオオオオオオッ！」

ダンジョンを揺るがす威力で壁に激突したにもかかわらず、禍々《まがまが》しい角の生えたその頭部は無傷。何事もなかったかのように再び加速を始めた。

ドドドドドドドッ！

しかも今度は途中で壁に突っ込んで止まったりはしない。

湾曲《わんきょく》した角を壁にこすらせ、あるいは勢いのまま壁を走り、ダンジョンの広い通路を縦横無尽に駆け回ってカリンに連続で突進を仕掛けるのだ。

「鬼さんこちらですわ！」

が、カリンはその連続攻撃をものともしない。

まるで踊るように、ドレスのスカートを揺らして突進を避けまくる。


〝カリンお嬢様YABEEEEEEEE!?〟

〝あの速度を完全に見切ってんですの!?〟

〝なんならドレスのスカートひらひらさせて煽《あお》ってますわ!?〟

〝ミノタウロス相手に闘牛士の真似事してかすらせもしないとか……〟

〝やっぱりカリンお嬢様はカリンお嬢様でしたわ！〟

〝いやでも回避はいいけどこっからどうすんの!?〟

〝こいつの攻略法ってそもそも突進させねえか、前衛が無理矢理止めてその隙に剣戟《けんげき》叩き込む感じだろ!?〟

〝あとは命がけのカウンターもあるけどそれも剣戟か魔法じゃないとキツいぞ!?〟

〝ミノは打撃耐性MAXやぞ!〟

〝さすがにお嬢様の拳《こぶし》でもキツくねえ!?〟


ミノタウロスは頭部を中心に、その凄まじい激突の反動に耐える肉体を有している。

たとえ魔力を込めていても打撃は通りが悪く、魔法や剣戟でないとろくなダメージが見込めなかった。

「ブルオオオオオオオオオオオオオオオオオオオッ!」

加えてカリンのひらひらドレスに苛《いら》ついているのか雄牛の突進《ブルラッシュ》速度もどんどん上がっていく。

そんななか、

「大丈夫ですわ皆様」

カリンがミノタウロスの突進を避《よ》ける。

「先ほども言ったように、わたくしこの牛さんの扱いは熟知しておりますの!」

と同時、通り過ぎようとしたミノタウロスの角をカリンが横合いから鷲摑《わしづか》みにした。

そして、

「その突進力、少しだけお借りしますわ！」

「っ!?　ブルオオオオオオオオオオオオオオッ!?」

ミノタウロスの突進力をそのまま利用するように、グルグルグルグル！　と超高速で回転しはじめる。


〝!?!?〟

〝は!?〟

〝ミノタウロスがヘリのローターみたいになってますわあああああああ!?〟

〝ちょっ、え!?〟

〝突進中のミノタウロスを摑んで……ぶん回してる……!?〟


そしてその回転力が頂点に達し周囲に突風が吹き荒れるなか、

「シャルウィダンス！　ですわ！」

「ブモオオオオオオオオッ!?」

ドバアアアアアアアアアアアアンッ！

突進力、遠心力、カリンの腕力。

そのすべてを乗せてぶん投げられた雄牛がダンジョン壁に頭から激突。

衝撃に強いはずの体が爆音とともに壁にめり込み、ひしゃげ、そのまま動かなくなった。

「ふぅ！　やっぱり両手があくと戦闘の幅が広がりますわね！」

〝ファー⁉⁉wwwwww〟

〝いやいやいやいやいやいや！

〝倒すにしたってどんな倒し方⁉〟〟

〝ミノタウロスが壁に激突して死ぬってなに⁉　どんな威力ですの⁉〟

〝こんなん魚に水かけて殺すみたいなもんじゃん⁉〟

〝ウォーターカッターかな？〟

〝か、壁の染みになってないミノタウロスさんは頑丈ですわねぇ（白目）〟

〝ダ、ダンジョン壁さんはこんな激突食らってもヒビひとつなくて相変わらず丈夫だなぁ。下層の濃い魔力が通ってるからミノタウロスさんにも効いたのかな？（現実逃避）〟

〝さすがはカリンお嬢様ですわ！（思考停止）〟

〝怖すぎて誰もお嬢様のクソ雑魚《ざこ》英語に突っ込んでないのおハーブ（震え声）〟


カリンが行った前代未聞の雄牛退治にコメント欄が今日何度目になるか知れない混乱と衝撃

に包まれる。

　そして早々に下層最強格のモンスターを葬り去ったカリンは止まらない。

「あ、今度はロックタートルですわ！　この方はちょっと重いですがひっくり返すと動きが止まって仕留めやすいですわよ！」

　殲滅《せんめつ》。

「バタフライパンサーですわね！　この子は近くで見るとモフモフしてて意外と可愛らしいんですのよ！　まあ討伐するんですけど」

　撃滅。

　両手があいたことで自由度が増したカリンの攻略速度は上層中層と同じか、下手したらそれより早い。

　遭遇するモンスターの（大体誰にも真似できない）攻略法を解説。ときに鷲掴《わしづか》みにして動きを封じ、カメラの前でアップにするなど視聴者サービスを欠かさない余裕まで見せつけて下層をゴリゴリ突き進んでいく。

　当然、その間ドレスには傷どころか汚れひとつつきはしない。

〝し、心配してたわたくしたちがバカみたいですわ……〟

〝おい誰でもいいからこのお嬢様に紅茶持ってけ！　いまからでも紅茶デバフかけろ！〟

〝すでにドレスデバフと同接数十万超えプレッシャーがあるはずなんですがそれは……〟

〝お嬢様が止まらねえ！ｗｗｗｗｗｗ〟

〝このお嬢様と同じ教室で授業を受けている子供たちがいるという事実〟

〝暗〇教室かよ〟

〝保護者からのクレーム待ったなし〟

〝魔力で強さ爆上がりしてるはずのモンスターたちが紙切れですわー！ｗｗｗｗ〟


「下層第一層、これにて踏破完了ですわ！」

そしてカリンはあっという間に下層第一層最奥に到着。

第二層へと続く連絡路――ボス部屋の前で元気いっぱいに宣言する。


〝早すぎて草ァ！〟

〝いやいやいやいやｗｗｗ　いやいやいやいやいやｗｗｗｗｗｗ〟

〝途中からお嬢様にビビったんかエンカウント減ってたけどそれにしたって異常やろｗｗ〟

〝下層ソロ攻略可能なゲロ瞬殺って前情報から実力は察してたけど……異次元すぎません？〟

〝現実の映像か？　これが……〟

〝おいお前ら、いよいよ初の下層ボス戦だぞ。緊張しろ〟

〝無茶を仰《おつしや》る〟

〝この子なんなら紅茶持って下層ボスに挑もうとしてたので……〟

「それでは皆様をお待たせしてもアレなので、早速下層第一層ボスに挑んでいきますわ」

お紅茶がないならテンポが大事！

昨今の娯楽はもたもたした展開を望みませんの！（真冬《まふゆ》談）

とカリンはさっそくボス部屋へと侵攻を開始した。

「――ルオオオオオオオオオオオオオッ！」

カリンが広間に足を踏み入れると同時。

部屋の中央で身を起こしたのは、全長二十メートルはあろうかという四足の白い獣。

様々な動物を交ぜたような姿、なかでも巨大な尾と背中の棘《とげ》が特徴的なモンスターが歪《いびつ》な叫声を響かせながらカリンを睥睨《へいげい》する。

〝ラージキメラか……こいつもなかなか面倒よな〟

〝あの巨体で飛び跳ねまくるうえに毒霧で視界封じてくるからな……〟

〝今度はどうやって討伐するのかワクワクですの！〟

〝背中に瞬間移動して毒霧発生器官を真っ先に潰すくらいはやりそうｗｗｗ〟

〝もはや誰もお嬢様のこと心配してなくておハーブですわｗｗ〟

〝そら（さっきのミノコプター見せられたら）そうよ〟


「ルオオオオオオオオッ！」

叫ぶと同時、ラージキメラが地面を蹴った。

巨体に似合わぬ俊敏さでカリン目がけて飛びかかり、ナタのような爪を振り回す。

その速度はミノタウロスに比べればいくらか遅い。

だが全長二十メートルを超える巨体が高速で跳ね回ればそれだけでとんでもない脅威であり、上下左右から放たれる攻撃は暴風雨のようだ。

「相変わらずお優雅ではない動きですわね」

その攻撃をカリンはこれまでどおり当然のように回避する。

だがラージキメラが真に厄介なのは、跳ね回るその背中からいままさに放たれている白い霧だった。

大広間を少しずつ満たしていく濃霧。

それは探索者の視界を封じてただでさえ俊敏なラージキメラの巨体を覆い隠すと同時、神経毒に似た効果で探索者の動きを鈍らせる極めて厄介な代物だ。

この下層ボスを倒すにはまず濃霧を生み出す背中の器官を最優先で破壊、さもなければ火炎放射器や魔法を使って濃霧を焼き尽くす必要がある。

だが、

〝? おいおい、なんでお嬢様避《よ》けてばっかなんだ!?〟

〝さすがに今回は様子見とかしていい相手じゃなくない!?〟

〝まあなんか考えがあるに違いないですわ、これまでのパターンからして〟


攻撃を避け続けて濃霧の拡散を放置するカリンにコメントの速度が上がっていく。

その大半はカリンにまたなにか策があるのだろうというものだったが、

「あ、これちょっとミスったかもしれませんわ」


〝いやこれはあかんって!?〟

〝浮遊カメラさんも限界なくらい霧が濃いですわよ!?〟

〝多分感知スキル持ちだから攻撃は視《み》えてるんだろうけど広範囲&高威力攻撃のボス相手に毒で動きが鈍るのはマズすぎるのではなくて!?〟

〝この濃さだともし解毒剤持ってても完全中和は無理だろ!?〟

さすがにボス部屋全体が真っ白に染まりつつあるなかでは視聴者も先ほどまでの楽観を捨てざるをえない。カリンがぼそりと漏《も》らした声もあわさり本気で心配する声があがりはじめる。

「ルオオオオオオオオオオオッ！」

そしてカリンの不利を確信したのはラージキメラも同様だった。

ラージキメラ自身は毒が効かず、霧に姿を紛れさせ、獲物の体温を感知するピット器官によってカリンの位置が丸わかり。

その絶対優位の状況で放たれるのはラージキメラの必殺。

巨大な尾を全力で叩きつける一撃だった。

ドゴオオオオオオオオオオン！

ラージキメラの持つ最強最速の攻撃がカリンを襲う。

が、

「よかったですわー。その一撃が出る前にカメラが完全に機能しなくなりそうで討伐の仕方をミスったかと思ってましたの」

感知スキルによって当然のようにその一撃を避けていたカリンがほっとした声を漏らした。

「残念でしたわねラージキメラ様。わたくしには視界封じはもちろん、毒も効きませんの。耐性スキルがカンストしてますので」

そしてカリンは眼前に振り下ろされた《差し出された》その太い尾を両手でむんずと掴み、

「どりゃあああああああ！　ですわああああああああ！」

「ルオオオオオオオオオオオッ!?」

全身に血管を浮かべて力任せにぶん回す。

ドッゴオオオオオオオオオオオオオオオ！

ダンジョン壁に背中から叩きつけられたラージキメラの毒霧発生器官が完膚なきまでに破壊され、毒霧の発生が完全に止まった。

それと同時、

〝…………は？〟

かろうじて打ち込まれたようなその一言を最後に、同接十万を超えるはずのコメント欄も完全に停止するのだった（本日二回目）

▼第17話　お優雅ダンジョン攻略　その9

現役女子高生が全長二十メートルを超えるボスモンスターの尻尾を掴んで振り回す。

意味不明を通り越して幻覚としか思えないその光景に、数瞬止まっていたコメントがやがて恐る恐るといった風に再び流れはじめた。


〝い、いやあの、これはさすがに……〟

〝あかんやろ人として〟

〝霧で画面見づらいしなんか幻覚だよきっと……〟

〝さすがに二十メートル超えのボスモンスターを振り回すなんてありえませんものねｗｗ〟

〝お、わたくしと同じ幻覚を見た方がいらっしゃいますわｗｗ〟

〝カリンお嬢様が心配なあまり集団幻覚発生しとるやんけｗｗ〟

〝ボスを投げ飛ばすとかｗｗ　ミノタウロスならまだしもなｗｗｗ〟

〝あ、霧が晴れてきた〟

〝これでちゃんとなにが起きてるかわかるな〟


と白い霧が薄くなり画面が先ほどより見やすくなれば、

「霧が濃いと見づらくなって配信的にやっぱりよくなかったですわあああああああ！」

「ルオオオオオオオオオオオオッ⁉」

ぶおん！　どがん！　ぶおん！　どがん！

ラージキメラを振り回すことで風を起こし、白い霧を蹴散らしながら壁や床に叩きつけまくるカリンの姿が浮遊カメラにばっちりと映し出された。

〝うわあああああああああああ!?　現実だああああああああ!?〟

〝あかん！　こんな配信見てたら頭おかしなるで！〟

〝いくらなんでもおかしいですわ！　なんなんですのこれ!?〟

〝い、いやでもマジモンのトップ探索者はこれくらいやれるって噂も……〟

〝それ都市伝説じゃなくって!?〟

〝そりゃこんな配信してたらフェイク認定されてチャンネル伸びませんわ!!!〟

〝この期に及んでドレスが汚れてすらいないのはマジなんなんですの!?〟

〝おかしいな……影狼《かげろう》が『下層ボスいたぶってみた』配信やってた時でさえまずは霧が充満しきる前に背中に張りついて集中攻撃って流れだったんだが……〟

〝い、いやこれはカリンお嬢様が正しいですわ！　わざわざ攻撃しにくい背中をこちらから狙いに行くより、尻尾の一撃を待って振り回したほうが時間も体力も節約できますもの！〟

「そのとおりですわ！」

〝ネタで言ったらなんかカリンお嬢様に肯定されましたわ!?!?〟

〝あかん、俺明日ダンジョン潜る予定なのにこんなもん見てたらマジで頭がおかしくなる〟

〝なんだかわたくしもモンスターを振り回せる気がしてきましたわ……〟

〝もしかして『ダンジョンアライブ』は史実だったのではなくて……？〟

〝しっかりいたせーっ!!〟


コメント欄が大混乱に陥っていれば――ドゴゴゴン!!

散々振り回されてグロッキーになったラージキメラにカリンがトドメを打ち込んだ。

数発の顔面パンチを食らったラージキメラは崩れ落ち完全に沈黙する。

「ふぅ、討伐完了ですわ！　……ですが霧を放置するやり方はあまり配信向きではなかったですわね。焦ってラージキメラ様で霧を晴らそうとしてお手てが痛いですの」

カリンは両手をふーふーしつつ、

「申し訳ありません。次からは気をつけますわ」


〝〝〝お、おう……〟〟〟

カリンの謝罪に、コメントにはどう返答すればいいかわからず困惑する声が並んだ。

下層第一層ボスを討伐したあともカリンは引き続きダンジョンを進んでいく。

カリンのあまりにデタラメな戦いに、下層突入時は緊張感のあったコメント欄もすっかり弛《し》緩《かん》していた。


〝カリンお嬢様が公開した足切り骸骨の新情報、本格的に騒ぎになってきてますわｗｗ〟

〝ＴＶにも出てる有名探索者の公式アカが切り抜き引用で「え、マジか…挑戦していいやつこれ？」とか呟いてめっちゃ拡散されてるｗｗｗｗ〟

〝これ下手したら裏で国内最大クランのブラックタイガーやホワイトナイトも動いとるやろ〟

〝実際ちょっとブラックタイガーが慌ただしくなってるって噂も……〟

〝あの方たちお吐瀉物様の件でスルー決め込んどいてカリン様から情報だけかすめとるとか面《つら》の皮が厚すぎませんこと？〟

〝い　ま　さ　ら〟

〝今度は「ミノコプター」がトレンド入りしてておハーブ〟


下層でのアレコレに加えて中層ボスの一件が引き続き拡散されているようで、視聴者もどんどん増えていく。

下層ボス撃破からしばし、同接は十二万を突破していた。

〝同接十二万か。めっちゃすげぇ、すげぇんだけど配信内容からしたらもっとないとおかしいだろこれｗｗｗ〟

〝切り抜きも爆速で回ってんだけど、いかんせんカリンお嬢様の進行速度が速すぎて人が集まりきる前に下層攻略も終わりそうなんだよね〟

〝なんならその切り抜きもあまりに数が出回りすぎてフェイク業者疑われてるからなｗｗ〟

〝途中まで鳩も飛びまくってたけど見入ってんのかいまは減ってるしなｗｗｗ〟

〝なにからなにまで規格外すぎて色々と基準があてはまらねぇｗｗ〟

〝これもうちょっとのんびりやって人集めたほうがいいくらいですわねｗｗ〟

〝やはりお紅茶縛《しば》りは必要だった……？〟

〝ってそんなこと言ってる間にもう次のボス部屋か〟

〝はえーよホセ！〟

〝二層も無傷踏破。ここまで安心して見てられる下層配信もそうそうないですわね……〟

「それでは続いて第二層ボスも倒していきますわ！」

すっかり安心しきったコメント欄でＳＮＳ情報なども流れるなか、カリンが宣言してボス部屋への扉を開く。


現在カリンが潜っているダンジョンの下層は全部で四階層。

ここのボスを突破すれば下層も折り返しだ。


〝カリンお嬢様には引き続きいろんな下層ボスを調理する様子を見せてほしいですわ〟

〝カリン様いわくここは深層までしか確認されてないダンジョンらしいしクラゲは出んね〟

〝アレは深層を超えて深淵まであるような大ダンジョンじゃないと出ないですわ〟

〝なんなら下層ボス最強クラスのクラゲさんでも出てこないかね〟

〝さて次の犠牲者は……〟


コメント欄は早くも次の配信の話までしている。

が、そうして「次はどんなボス戦を見せてくれるのか」という空気が流れるなか、

「……？　あれ？　ボスがいませんわね？」

その広い大部屋にカリンの声が静かに響いた。

中央に鎮座しているはずの大型モンスターがいないのだ。

カリンにあわせて浮遊カメラも大部屋全体を見渡すが、そこにはボスモンスターの影も形もない。

〝？　なんだ？　ほかの誰かが先に討伐したとか？〟

〝いやインターバル中は地上側から扉開かんやろ。素通りできないように〟

〝なんだこれ？　ボス部屋が空っぽって下から地上に戻るときしか見たことないんだが〟

〝え？　でも広間にボスいなくね？〟

〝んなわけない。足切り骸骨みたく地面から出てくるタイプじゃない？〟

〝いやそれならとっくに……大体下層ボスは部屋中央に鎮座してるタイプがほとんどだし〟


奇妙な事態に当惑するようなコメントが流れていく。

「……上ですわね」

そんななか、即座にその気配に気づいたカリンが天井を見上げれば――そこにボスはいた。

ボスより遥かに強大なソレに瀕死の状態で咥えられて。


「ブ、オォ……っ」

バキバキバキバキィ！

瞬間、虫の息だった下層第二階層のボス〈オークキング〉の巨体がいとも容易《たやす》く噛み砕かれた。

ぐちゃっ！

落下したオークキングが完全に息絶える。

それを示すように下層第三層へ続く扉が開くなか、ボス部屋にはオークキングの肉を咀嚼《そしゃく》する音が響いていた。

「なんですのあのモンスターは……!?」

咀嚼音の主を見上げてカリンが目を見開く。

ソレはまるでダンジョンの天井から生えてきたような巨大な蛇だった。

いや、蛇というにはあまりにも相貌が凶悪すぎるだろうか。

強靱な鱗《うろこ》に包まれた頭部だけで数メートルはあり、無数の牙が生えた口内は獲物の血で真っ赤に染まっている。その牙には食欲と殺戮《さつりく》本能に任せて雑に食らいまくったのだろう獲物の一部がいくつも引っかかっていた。

なかでも目立つのは〈オークキングの皮膚〉、〈ギガントウルフの毛皮〉〈アイアンクラブの甲殻〉。

丸呑みにするのではなく噛み砕くことで残ったのだろうそれは、いずれもこのダンジョン下層の第三階層と第四階層に出現するボスモンスターの特徴的な部位。その残骸だった。

「――グオオオオオオオオオオオッ！」

「……っ」

オークキングの肉を飲み込んだ大蛇が、カリンを見据えて咆哮《ほうこう》を響かせる。

下層ボスをも超える魔力がその体から立ち上り、周辺の空気を陽炎《かげろう》のように歪めていた。

〝深層⁉〟

〝はあああああ⁉　ワイアームなんて深層でしか出ないレアモンスターだろ⁉〟

〝つーか大蛇は大蛇でもあの大きさと牙……四肢《ワイアーム》のない竜ってやつじゃねえのか⁉〟

〝下層にあんな大蛇モンスター出るっけ⁉　レアモンスター⁉〟

〝は⁉　なにアレ⁉　なんだよアレ⁉〟

先ほどまで弛緩《しかん》していたコメント欄が一瞬でこれまでにない緊張と混乱に包まれる。

深層。

それは下層のさらに奥に広がる絶対の危険地帯。

出現するモンスターの強さは下層とすら比べものにならず、国家最強級のクランがパーティを組んで攻略していく領域なのだ。

下層が『別世界』なら深層は『異世界』。

街を丸ごと壊滅させかねない正真正銘のバケモノだけが潜むその魔窟《まくつ》は、探索者たちからそう呼ばれ恐れられていた。

〝マジで深層モンスターなのか!?　マジで!?〟

〝あの空気の揺らぎ見ろよ！　魔力で空間歪めるなんて深層レベルのモンスターじゃなきゃありえねえだろ!?〟

〝なんで深層モンスターが下層にいんだよ!?〟

〝なんでってそりゃ……〟

〝イレギュラー!?〟


出現モンスターは階層固定、ボス部屋への出入りは扉からだけ、モンスターはダンジョンから出てこない――そうしたダンジョンの法則を無視する異常現象。

情報と事前準備が重要なダンジョン攻略において、高確率で探索者の命を刈り取るダンジョンの悪意がカリンに牙を剥いていた。

「深層のモンスター、ですの……!?　本当に……!?」

コメント欄の書き込みにカリンは体を震わせ掠《かす》れた声を漏《も》らす。


〝そうだよイレギュラーだ！〟

〝さすがにカリン様でも深層モンスターはヤバイって！〟

〝逃げろ！　いますぐ逃げろ！〟

〝しかもこいつ多分深層のなかでも相当ヤバイ！　下層ボスモンスス無傷でまとめて食ってるのは絶対普通じゃねえ！〟

〝震えるのはわかるけどはよ逃げろ！〟

〝さすがのカリン様も足がすくむか……けどいまはとにかく動いて！〟

〝カリンお嬢様なら絶対逃げ切れるから早く！〟

〝どんな能力持ってるかわからん！　マジで早く動いてくれ！〟

〝あかん、冗談抜きで変な汗出てきた……〟

〝逃げて！〟


コメント欄が無数の悲鳴で埋め尽くされる。

カリンの戦闘を見てきた者たちでさえ一人残らず「逃げろ」と叫ぶ。

それが深層の脅威であり、いまカリンが直面している怪物の正当な評価だった。

「グオオオオオオオオオオオオオッ！」

「……っ！」

そしてそんな怪物に睨《にら》まれたカリンはコメント欄が阿鼻叫喚《あびきょうかん》に包まれるなか、さらに強く

体を震わせ――、

「～～っ！　イレギュラー！　予想外の強敵！　まさに『ダンジョンアライブ《アニメ》』で見た展開そのもの！　最っ高の撮れ高ですわ!!」

まるで夢が叶った少女のように瞳をキラキラ輝かせ、深層からやってきたバケモノに黄色い声をあげた。

▼第18話　お優雅ダンジョン攻略　その10

〝おバカアアアアアアアアアアアアアアアア!?〟

〝カリンお嬢様ああああああああああ！　聞いてくれえええええええええ！　ここはアニメの世界じゃねえんだああああああああああああ！〟

〝あかんあかんあかん！　いままで何回もあかんと思ったけどこの子はマジであかん！〟

〝これ錯乱《さくらん》してるよな!?　錯乱してるでしょ！　早く正気に戻って逃げてくれ！〟

〝撮れ高とか言ってる場合じゃないんだってばあああああああ！〟

〝アホだアホだとは思ってたけどどこまでアホの子なの!?〟

〝逃げろっつってんだろうがバカお嬢様あああああああああああああ！〟

深層のイレギュラーモンスター、四肢のない竜《ワイアーム》とも呼ばれる大蛇を前にキラキラと目を輝かせるカリンへコメントが殺到する。


〝深層のモンスターは本当にあかんって！〟

〝どんな能力持ってるかもわかんねえんだぞ⁉〟

〝しかもこの大蛇はモンスター食ってる！　ボスモンスターを！　下手したら強化種ってやつの可能性すらあんだって！〟

〝深層のエンカウント少なかったのこいつのせいかもだし本気でヤバイ！〟


流れるコメントすべてが「頭おかしいとっとと逃げろ」であり、なかにはベテラン探索者らしきものも散見された。ほかのモンスターを捕食することで通常より力を増した「強化種」の可能性も示唆されており、それを見たほかの視聴者からもさらに心配の声があがる。

だが、

「大丈夫ですわ。あれくらいならなんとなく倒せる気がしますし。それに――」

カリンは当然のように言い放つ。

「――これだけ大勢の方の前でおめおめと逃げ出してはお嬢様《お優雅》を名乗れませんもの！」

カリンの視線の先、スマホの画面では、同接が十五万にまで跳ね上がっていた。

〝本気で戦う気なんですの⁉〟

〝マジで冗談言ってる場合じゃないんだぞ⁉〟

〝ダメだこのお嬢様！　セツナ様に脳みそ焼かれすぎてる！〟

〝お嬢様が規格外なのは嫌というほど思い知ってるけど今回は向こうも激ヤバなんだって！〟

〝いくらなんでも深層の亜竜種ソロは無茶すぎる！〟

〝いや確かにカリンお嬢様ならって気持ちもあるよ⁉　けど倒せるって根拠あるの⁉〟

〝うおっ、マジで深層のモンスターいる⁉　しかもワイアーム⁉〟

〝鳩がまた大げさなこと言ってよその動画の視聴者を奪おうとしてんなーと思ったらマジで大事やんけ⁉〟

〝は⁉　この人深層イレギュラーと戦う気なんですか⁉〟

〝おいおいおいおい！　今日はとんでもない切り抜きがやたら出回ってると思って配信に来てみたらなんだよこれ⁉〟

〝深層モンスター！　それもワイアームなんて希少種一生見る機会ないと思ってた！〟

ネットでは現在、ＳＮＳや動画サイトを中心に大騒ぎになっているらしい。

元々ダンジョン配信中のイレギュラーは同接数が伸びやすい。そこにほぼ目撃する機会のない深層モンスターが出現したということで短期間にここまでの人数が集まっているようだった。

カリンを心配する者に加えて騒ぎを聞きつけてきたらしい新規視聴者のコメントも多く投稿され、同接数はいまなお増え続けている。

これで逃げるなんてあり得ない。

それは鬼龍院《きりゅういん》セツナに憧れたお嬢様のすることではない。

ゆえにカリンはこちらを見下ろす大蛇《ワイアーム》を、笑みさえ浮かべて睨《にら》み返す。

「さて、まったく知らないモンスターですけどどういった力をお持ちなのかしら」


〝深層のイレギュラーモンスターに情報ゼロで挑むんじゃねえええええええ!?〟


「グオオオオオオオオオオッ！」

視聴者の悲鳴と大蛇の咆哮《ほうこう》が重なる。

そしてそれが合図になったかのように戦いが始まった。

「シャアアアアッ！」

最初に動いたのはカリンを獲物と定めた大蛇だ。

天井から生えた状態のまま鎌首をもたげ、その巨大な顎《あご》を開いてカリンを捕食せんと突っ込んでくる。蛇特有の瞬発力。雄牛《ブルラッシュ》の突進の優に数倍はあろうかという速度の一撃がカリンを襲った。

「あら、どこを食べてらして？」

だがその神速の噛みつきを――カリンもまた人外の速度で回避する。


〝っ!?〟

〝カリンお嬢様消えた!?〟

〝まさか食われた!?〟

〝死んだの!?〟

〝いや生きてるって！〟

〝動きが見えねえからって縁起でもねえこと書き込むなですわ！〟

〝攻撃避《よ》けてる！　避けてるよ！〟

あまりの速度と紙一重の回避にカリンが食われたと勘違いする者も出るなか、神速の戦いはさらに加速する。

「シャアアアアアアッ！」

一撃外したことで完全に意識を切り替えたのだろう。

大蛇が放つのは間断なき顎の連続攻撃。

カリンの華奢《きやしや》な身体《からだ》を嚙み砕こうと、頭が分裂したかと見紛うような速度で嚙みつきが放たれる。その攻撃に巻き込まれたオークキングの残骸が消し飛び、超速で動く大蛇《ワイアーム》に引き裂かれた空気が逆巻きうねる。

しかしそれでも、

「さすがに深層クラス。速いですわね。けれど——それではいつまで経ってもわたくしを捉えられませんわよ！」

大蛇が放つ神速の連撃を、カリンはひらひらドレスで踊るように避《よ》けまくる。

まるで未来でも見えているかのように。

ラージキメラ並の巨体から放たれる超速の連撃を、纏《まと》うドレスにかすらせさえしない。


〝うおおおおおおおおおおおおおっ!?〟

〝おい嘘だろ!?〟

〝これ攻撃全部避けてるんですの!?〟

〝大蛇もお嬢様も全然動き見えねぇ……!?〟

〝派手なドレスの軌跡でかろうじて避けてるのはわかる……!?〟

〝あの服装であの巨体のあの速度を捌《さば》いてんですの!?〟

〝お嬢様やべぇぇぇぇぇぇぇぇぇぇぇぇぇ!?〟

〝うわあああああっ!?　戦いになってるうううううう!?〟

〝マジでアニメかよ!?〟

〝深層のイレギュラーでしかも強化種疑惑あんだぞ!?〟

〝ああもうマジかよ!?　マジかよこれ!?　どうなっても知らねえぞ!?〟

〝もうこうなったらどうしようもねえよ絶対勝てカリン様あああああああ！〟


始まってしまった戦闘、さらにはカリンが深層モンスターの攻撃を回避し続けてていることからコメント欄が熱を帯び始める。

そんななか、

「シャアアアアアッ！」

ずるり。

ドズウゥン！

天井からの攻撃が通じないことに業《ごう》を煮やしたのか。

大蛇が天井から這《は》い出すように落下してきた。

〝でっっっっっっか!?〟

〝マジもんのバケモノじゃねえか!?〟

〝ボスよりでかいとかマジでなんなの!?〟


全容を現した巨体は全長四十メートルはあるだろうか。

胴体の太さも考えるとその大きさはまさに規格外。

大蛇《ワイアーム》はその長く太い身体《からだ》を蛇行《だこう》させとぐろを巻き、ちょこまかと動き回るカリンを完全に包囲する。

「シャアアアアアアアアッ！」

逃げ場を失ったカリンに真っ赤な口腔が迫った。

ジャンプして逃げようにも、方向転換の利かない空中へ逃れればその瞬間大蛇は軌道を変えてカリンを噛み砕くだろう。

「なるほど。これが貴方の本気ですの」

カリンはその攻撃を真正面から睨《にら》み据え、

「それじゃあそろそろ――こっちからもいきますわよ！」

様子見は終わりとばかり、ぐっと身を屈めた。

逃げ場のないはずの噛みつきを紙一重で回避し、そのまま斜め下から大蛇の顎《あご》を殴り飛ばす。

ボッゴオオオオオオオン！

「グルアアアアアアアアッ!?」

凄まじい打突音と悲鳴を響かせ、カリンを取り囲んでいた胴体ごと大蛇の身体が大きく吹っ飛んだ。


〝うわあああああああっ!?　殴り飛ばしたあああああああ!?〟

〝マジかマジかマジか!?〟

〝いけるのかこれ!?〟

〝同接も十六万超えてるぞおおおおおお!?〟

〝うおおおおおおおっ!!!!　そのままやっちまええええええ！〟

だが、

「手応えが薄いですわ」

カリンの表情は渋い。

蛇特有の軟体による衝撃の受け流し＋固い鱗《うろこ》でパンチの威力が低減された感触があったのだ。

それでも大蛇はかなりの速度で吹き飛んでおり、ダンジョン壁に突っ込めば衝撃も逃がせず大ダメージは免れないと思われた。

が――トプンッ！

その巨体がダンジョン壁に激突することはなかった。

なんの抵抗もなく壁のなかへ吸い込まれていったのだ。


〝は!?〟

〝なんだ!?〟

〝壁の中に消えた!?〟

〝え!?　なに!?　どうなってんの!?〟


「……壁の中で加速してますわね」

コメント欄が混乱するなか、気配感知系スキルでただ一人事態を把握しているカリンが天井を見上げる。

瞬間、トプンッ!

「シャアアアアアアアアッ!」

突如天井から現れた大蛇《ワイアーム》が隕石のような速度でカリンへ襲いかかる。

カリンはそれを完全回避。

大蛇の身体《からだ》は凄まじい速度で頭から地面に激突する――と思いきや、トプンッ!

またしてもその身体がなんの抵抗もなくダンジョン壁で構成された地面に沈んだ。

「なるほど。どうやって亀裂《きれつ》ひとつない天井から這《は》い出してきたかと思えば……ダンジョン壁の中を泳ぐ。それがあなたの能力ですのね」

〝はぁ!?　うっそだろ!?〟

〝なんだいまの!?〟

〝あの蛇ダンジョン壁の中を泳いでんの!?〟

〝深層のモンスターが魔法みたいな能力使うってマジなのかよ!?〟


そう。

深層のモンスターはその極まった魔力により、単なる身体能力の強化に留まらない力を発揮する。まさしく〝魔法生物〟としか言いようのない能力を持つ者が現れるようになり、だからこそその戦闘力は下層までのモンスターたちとは比にならないほど〝飛躍〟するのだ。

これに比べれば、下層ボスが見せる白霧発生などの特性すら児戯《じぎ》にすぎないと深層経験者は語る。

ゆえに深層は『異世界』と呼ばれ畏怖されているのである。

そして四肢のない竜《ワイアーム》ともいわれる大蛇の能力は〈壁内潜行〉だけに留まらない。

「シャアアアアアアッ！」

咆哮《ほうこう》をあげて地面から這い出す大蛇。

いましがたカリンによって大打撃を食らったその大顎《あご》には傷一つなく、先ほどまでとなんら変わらない殺傷力をもってカリンに襲いかかった。

壁に潜ったほんの数秒のうちにダメージが完全回復しているのだ。


〝はあああああああああああああああっ!?〟

〝なんで!?　傷が回復してる!?〟

〝どうなってんですの!?〟

〝ワーム系モンスターは尋常じゃない再生力が特徴っていうけどこれはいくらなんでもおかしいですわよ……!?〟

〝反則ですわ!〟

〝え、これつまり体内にある核とか破壊しないとダメなタイプってこと!?〟

〝あの速度を掻《か》い潜《くぐ》ってあの巨体から核探すとか無茶言うなよ!〟

〝こんなんチートじゃねえか!?〟

〝しかも回復中は手出しできない壁の中ってお前いい加減にしろよ!?〟

「しっ!」

そんななかでもカリンは攻撃を避《よ》けつつ果敢に大蛇《ワイアーム》へ殴りかかる。

だが何度繰り返しても結果は同じ。

カリンがやられることはないが、大蛇は何度拳戟を食らっても壁に潜っては体勢を立て直し、傷を完全に癒《い》やした身体《からだ》で繰り返し攻撃を仕掛けてくる。


〝おいこれジリ貧じゃねえか!?〟

〝持久力勝負……ってそんなことするくらいならやっぱ逃げたほうがいいって！〟

〝体力が尽きたら仮に勝ててもダンジョンから脱出できなくなるぞ!?〟


コメント欄に改めて逃走を促す声が溢《あふ》れる。

だが――深層の怪物はそんな甘い選択を許しはしなかった。

「……？　なんですの？」

不意にボス部屋を静寂が満たす。

先ほどまであれほど苛烈な攻撃を仕掛けてきた大蛇が地面に潜ったまま浮上してこないのだ。

カリンが訝《いぶか》しげに眉をひそめた、次の瞬間。

ゴゴゴゴゴゴゴゴゴゴゴゴッ！

ボス部屋の地面が大きく揺れた。

〝なんだ⁉　ボス部屋が揺れてね⁉〟

〝地震⁉〟

〝ダンジョンって地震起きんの⁉〟

〝いやこれまさか〟


「……⁉」

大きく揺れる地面にカリンがバランスを崩す。

「シャアアアアアアアアアッ！」

瞬間、大蛇《ワイアーム》が狙い澄ましたかのようなタイミングで地面から現れ飛びかかってきた。

「――っ！」

大蛇が地面を飛び出す直前に揺れがおさまったことでカリンはその攻撃をどうにか避《よ》ける。

だが大揺れで体勢を崩されていたこともあり、その回避はギリギリ。

そして大蛇が再び地面に潜れば――地表に近い位置でぐるぐると高速回転し、ダンジョン壁に満ちる魔力と大蛇の放つ濃密な魔力の反発で大きく地面が揺れた。

「シャアアアアアアアアッ！」

「なるほど、一筋縄ではいきませんわね！」

逃げるどころかまともに立つことすら難しい揺れ。

そしてバランスを崩したところを狙う神速の一撃。
繰り返される大蛇の本気にカリンが声をこぼす。

〝はあああ⁉　この地震あの蛇が起こしてんのか⁉〟
〝いい加減にしろバカタレ！〟
〝これが深層のモンスターかよ……〟
〝そりゃ異世界呼ばわりされるわ……〟
〝これカリンお嬢様本気でヤバない⁉〟
〝揺れてるうえに高速だからよくわからんが、なんか回避が危なっかしく……〟
〝むしろ回避できてるだけすげえよ！　あんなの普通立ってらんねえぞ⁉〟
〝ヤバイヤバイヤバイ！〟
〝マジで逃げろって！〟
〝いやこんな揺らされたら走るどころか立ってるのもキツいだろ⁉〟
〝お嬢様死なないで！〟
〝逃げられないなら蛇仕留めるしかない！　早くしないとマジでやられるぞ⁉〟
〝どうすんだよ相手は基本ダンジョン壁の中だぞ⁉〟

〝音響攻撃系の魔法スキルがないと無理だろこれ!?〟


コメント欄に絶望が満ちる。

状況はそれほどまでに深刻だった。

破壊不能なダンジョン壁の中に潜んで地震を起こす大蛇《ワイアーム》は討伐不能の災厄そのもの。カウンターを狙ってもその傷はすぐ回復し、再び地震を起こして襲いかかってくる。

いくらカリンでも回避し続けるのは困難だ。

そんななか、

「……」

揺れる地面の上で、カリンが目を閉じしゃがみ込む。


〝カリン様!?〟

〝なにしてんですの!?〟

〝まさか諦めた!? 魔力切れ!?〟


極限状態においてありえないその行動にコメントが悲観で埋め尽くされる。

だが、

「――ふううううぅ」

カリンは諦めてなどいなかった。

目を閉じ鋭く息を吐く。

可能な限り揺れに翻弄《ほんろう》されないよう重心を下げて魔力を練り上げる。

集中とともにその身に宿る数多《あまた》のスキルが拳《こぶし》に凝縮されていき――、

「うっとうしい!!　ですわ!!」

大きく揺れる地面目がけ、膨大な魔力の宿る拳が叩きつけられた。


ドッゴオオオオオオオオオオオオオオオン!!!!


「グルオオッ!?」

ダンジョン壁で構成された地面が爆散。

地震を起こしていた大蛇が全身を襲う衝撃に悲鳴をあげ、粉々になった地面から叩き出された。

▼第19話　お優雅ダンジョン攻略　その11

カリンの拳《こぶし》によってダンジョン壁の地面が粉砕された。

大蛇《ワイアーム》が起こした地震よりもなお激しい衝撃で浮遊カメラの画面さえ大きく揺れる。


〝はあああああああああああああああああああああああ!?〟

〝えええええええええええええ!?〟

〝地面が爆発した!?　え、これカリンお嬢様爆発に巻き込まれた!?〟

〝いや、ちが、お嬢様が……ダンジョン壁を殴って……粉砕した……?〟

〝ファア――――――――――――――――!?wwwwwwwwww〟

〝ちょっ!?　は!?　こんなことある!?〟

〝わァ……あ……マジで地面にクレーターできてる……〟

〝大蛇の仕業ちゃうんか!?〟

〝お嬢様が無傷で大蛇がなんか全身ズタズタなのに大蛇の仕業だったらあいつがバカみたいだろ!?　……なんでお嬢様無傷なの!?〟

〝な、なんですのこの馬鹿げた光景……〟

カリンが放った拳《こぶし》の威力に愕然《がくぜん》としたコメントが流れていく。

言葉を失っている者が多いのか、その流れは一周回って遅くなっているほどだ。

〝なんですかこれ⁉　生配信って聞いてきたんですけどフェイクってやつですか⁉　ぼく釣られました⁉〟

〝フェイクではな……ない……はず……〟

〝古参視聴者ニキも自信なくしててオハーブ〟

〝なんやこれ……なんやこれ……夢でも見てんのか俺は……〟

〝そもそもダンジョン壁って破壊できるもんなのか⁉〟

〝ダンジョンを構成する濃密な魔力で硬度の上がってる鉱物だから理論上壊れはしますわ。爆炎石とかでワンチャン……〟

〝この自称お嬢様素手なんですけど⁉⁉〟

〝「アイアム爆炎石」やんけこんなん！〟

〝……ねぇ、今回の配信でずっと思ってたんだけどさ……いくら対人で手加減してたとはいえこの子の打撃に何発か耐えてたゲロってもしかしてかなり強い？〟

〝そりゃそうですわ〟

〝お吐瀉物様はダンジョンエアプ勢から深層十分敗走の件をよくバカにされますけど、なんやかんや下層ソロ配信できるくらいの実力者ですし……〟

〝人格以外はマジもんの上澄みだからなあいつ〟

〝だからあの方を瞬殺したカリンお嬢様の異常性がバズったんですのよ……〟

〝ここにきてゲロ再評価はおハーブ〟

〝いやお前ら緊張感！　なんの話してんだ！〟

〝だ、だって……〟

〝壁の中に逃げ込むモンスターが壁破壊するバケモノと戦っても結果は……〟

〝それはそうだけど相手は深層のモンスターだぞ！〟

〝油断してたらガチトップランカーでも命取りになりかねないんだって！〟


まだ油断できる状況ではないと叫ぶ一部のコメント。

そしてそれが事実であると物語るように、戦闘はまだ続いていた。

「ガルウウウウウウウウウウウウウウウウウアアアアアアアアア!!」

ダンジョン壁爆散の衝撃でズタズタだったはずの身体《からだ》を再生し、大蛇《ワイアーム》が再びカリンに攻撃を仕掛けているのだ。カリンの通常打撃は大蛇に致命傷を与えられず、ジリ貧の戦闘が再演されようとしていた。

〝そうだあの蛇を仕留めるための決め手がないんだった！〟

〝厄介な地震はとりあえず完封したっぽいけどどうすんだこれ!?〟

〝あいつ衝撃で全身ボロボロだったのにそれも回復すんのかよ!?〟

〝核はどうなってんだ核は！〟

〝マジでこいつ厄介すぎんだろ！〟


壁破壊拳は溜めが必要で連射不可。

大蛇《ワイアーム》が打撃の衝撃を逃がせないよう摑んで殴ろうにも、滑らかな鱗《うろこ》で覆われたその身体《からだ》は摑んで押さえる場所がない。

せっかく地震という大技を封じたにもかかわらず、勝ち筋が存在しないのだ。

が、お嬢様はそんな常識をものともしない。

「いえ、もう大丈夫ですわ」

コメント欄の不安を払拭《ふっしょく》するようにカリンが言った。

「先ほどまでは揺れに邪魔されていましたが――この方の動きも弱点も、もうすべて見切ってましてよ。つまりわたくしの勝ちですわ！」

「シャアアアアアアアアアアッ！」

そんなわけがあるかとばかりに大蛇が吼《ほ》える。

迫る一撃をカリンはこれまでどおりひらりと避《よ》ける。

そしてその手に込められるのは、ダンジョン壁を破壊したときとはまた違う魔力。

ひたすら鋭く研ぎ澄まされた魔力を凝縮させ、カリンがドレスの袖を大きくまくった。

瞬間――ドッッッッッッ！

「カッッッ!?」

大蛇の胴体にカリンの細腕が深々と突き立っていた。

それは通常の拳戟とは違う。

殴り飛ばすのではなく、一点を貫くことだけに特化した複数スキル同時発動の貫手《ぬきて》。

「いい戦いでしたわ」

そしてカリンは胎動する再生核を鷲掴《わしづか》みにして、

「それでは、ごきげんよう」

情け容赦《ようしゃ》なく引き抜いた。

「ガアアアアアアアアアアアアアアアアアアアアアアッ!?」

大蛇の真っ赤な口腔から響く盛大な断末魔《だんまつま》。

四十メートルを超える身体が地面に溶け込むことなく倒れ、衝撃が地面を揺らす。

そしてその巨体が二度と起き上がることはなく――広々としたボス部屋に確かな静寂が戻

るのだった。

「ふぅ、どうにかドレスを汚さずお優雅に勝てましたわね」

まだ余裕のあるカリンの言葉をひとつ残して。

〝え……勝った……？〟

〝倒した……？〟

〝死んだふりとかじゃ……ないよな……？〟

静かになった配信画面に呆然としたようなコメントが微かに流れる。

誰もが画面の前で固まり、目の前の現実を受け入れるのに時間がかかっているようだった。

だがその静寂も大蛇《ワイアーム》の身体《からだ》が崩れ始めて討伐が確証に変わった瞬間、一転して火山のような熱に変わる。

〝うおおおおおおおおおおおおおおおおおお!?〟

〝やりやがったああああああああああああああああ!?〟

〝やべええええええええええええええええ！〟

〝マジかあああああああああああああああああああああ!?〟

〝本当に十六の女の子が深層イレギュラーをソロで討伐したのかよ⁉〟

〝やっべぇ……比喩でもなんでもなく画面の前で叫んでガッツポーズとっちまった……〟

〝うおおおおお！　マジで全身鳥肌なんだが！　凄すぎんだろ！〟

〝なんだこれ…完全に惚れたわ……〟

〝こんなもん収益関係なく切り抜いて拡散するしかねえだろうがあああああああああああああああああああ！　全人類にカリンお嬢様の勇姿よ届けですわああああああ！〟

〝伝説伝説お嬢様！〟

〝最強無敵のお嬢様！〟


コメント欄が爆発したように沸き立つ。

万単位の視聴者が一斉にコメントしているのか、もはやコメントの数が多すぎてほぼ読み取れないほど。しかし文面は読めずとも視聴者の熱狂が画面越しに伝わってくるようだった。

（っ⁉　な、なんだかとんでもないコメント数ですわ⁉）

その熱狂を作り上げた張本人《カリン》は一体どれだけの人が注目してくれていたのかとぎょっとしつつ、しかし配信者としてそれに応えなければと討伐完了を宣言しようとして――はたと気づく。

（あれ？　これってもしかして……ずっと夢想してきたあのシチュを実現するまたとない機会ではありませんこと⁉）

最高にお優雅なシチュのひとつ。

『強敵を倒したあと、勝負を決めた必殺技名を勝ち鬨《かどき》とともに宣言する』というアレを！

気づいてしまえばもうそれをやらないという選択肢はなかった。

ゆえに、

「深層のイレギュラーモンスター、確かに強敵でしたわ」

カリンは先ほど引き抜いた大蛇《ワイアーム》の核を勝利の御旗《みはた》のように掲げ、浮遊カメラに向き直る。

そしてあれだけの激戦を超えてなお傷ひとつ負わなかったドレスを優雅に揺らして、

「ですがその強さも、無駄な破壊をせずモンスター様の身体《からだ》を貫き仕留めるわたくしの必殺技がひとつ――〈フィストファック〉の前では無力でしたわね!!」

きまった……！

大勢の注目が集まる一戦、予想外の強敵を打ち倒したことを示す勝ち鬨での必殺技名開示。

いつかたくさんの人に見てもらうためにずっと温めていた必殺技名をこれ以上ない最強のシチュエーションでお披露目《ひろめ》することに成功し、カリンは興奮とともに確信する。

（チンピラお嬢様がどうとか不本意なイメージがついてしまっていましたが、これだけお優雅に決めればおかしなイメージ払拭《ふっしょく》も間違いなしですわね！）

と、カリンはドヤ顔を浮かべながら視聴者の反応を窺《うかが》った。

すると、

〝!?〟

〝!?〟

〝wwwwwwwwwww〟

〝wwwwwwwwwwwwwwwww〟

〝おハーブ〟

〝草〟

〝カリンお嬢様!?〟

〝いまなんて仰《おっしゃ》いましたの!?〟

〝フィストファ●クは拳《こぶし》で貫通って意味じゃございませんことよ!?〟

〝いやまあ間違ってはないけどもwwww〟

〝深層モンスター（強化種疑惑アリ）遭遇とかいう特級イレギュラー突破したあとの第一声がこれとかwwwwwww〟

〝カリンお嬢様のドヤ顔可愛すぎますわねぇ（現実逃避）〟

〝これお嬢様ぜったいに意味わかってねぇですわwwww〟

〝おいカメラ止めろ！〟

〝まず止めるべきはカリンお嬢様なんだよなぁ〟

〝誰が止められるんだよこの暴走特急お嬢様をよ……〟

〝あかんｗｗｗｗｗ　深層モンスター遭遇の絶望からのフィストファックで情緒がメチャクチャですわｗｗｗｗ　涙出てきたｗｗｗ〟

〝こんなドヤ顔されたら切り抜くしかないですわ！〟

〝カリン様がずっと披露したくてたまらなかったと思われる必殺技ですもの！　全力拡散しますの！〟

〝わたくしも助太刀いたしますわ！〟

〝拡散ですわ！　これだけあれば勝ちですわ！〟

〝やめたれｗｗｗｗ　カリンお嬢様のパブリックイメージが地に落ちるぞｗｗｗ〟

〝て　お　く　れ〟

〝い　ま　さ　ら〟

〝無知は身を滅ぼすと体を張って教えてくださったカリンお嬢様にいまはただ感謝を……〟

〝あ、同接二十万いってる〟

〝ファ!?　二十万!?〟

〝めっちゃくちゃ凄いしお祝いしたいけどこの状況だと複雑ですわね……〟

「？　なんだかコメントの反応が妙ですわね」

爆速で流れていくコメントにカリンは首を捻る。

以前アニメ配信サイトで再視聴した『ダンジョンアライブ』二十五話にて、敵を拳《こぶし》で貫くシーンに『フィストファック！』というコメントがあったため語感がカッコイイと思い拝借したのだが……。なにか使い方やセンスがズレていたのだろうか。

（気になりますけど……「w」がやたら多いですしコメント数も同接も怖いくらい爆伸びしてますし、きっと悪くなかったはずですわ！）

と、カリンはちょっと目ん玉飛び出るくらいの数字になっていた同接に気を取られてその場はスルー。

最高の盛り上がりのなかダンジョンから帰還し、最終的に同接二十二万という数字を記録したバズ後初の配信を終えるのだった。


――そしてその後。

カリンがダンジョンから出ると同時に真冬《まふゆ》から鬼電があった。

『もう完全に手遅れだけど二度と同じ過ちを繰り返さないように教えといてあげる。あんたのあの必殺技の意味はね――』

「ふぇ!?」

親友の真冬《まふゆ》から自らの過ちを知らされたカリンはゆでだこのように赤面。

それと同時、嫌な予感に駆られ慌ててSNSを確認すれば、

トレンド一位：フィストファックお嬢様　呟き数十五万
関連ワード：山田《やまだ》カリン、深層イレギュラー

「おぎゃあああああああああああああああああああああああああああああああああああああっ!?」

二日前にチンピラお嬢様がトレンド一位になったとき以上の絶叫がカリンの口から迸《ほとばし》った。

――さらにその後。

『違いますの！　そういうつもりではなかったんですの！　勘違いですの！　わたくしはフィストファックお嬢様ではないんですの！　ネットに騙《だま》されましたの！　これは陰謀ですの！』

とSNSに投稿されたカリンの言い訳は四万RTと十万いいねを記録したものの当然のようにネット民の悪ノリを助長。

リプ欄には無数の「ｗｗｗｗ」「草」「おハーブ」が並び、フィストファックお嬢様は翌日までトレンド入り。「山田カリン」の検索サジェストには「ヤバイ」「お優雅」とともに「フィストファック」が出現し、カリンの悲鳴は数日続くことになるのだった。

だがその結果――カリンのチャンネルは配信の翌朝には登録者数百二十万を突破。

ＳＮＳフォロワーも百万超え。

登録者数を維持するどころかその数は爆発的に増加し、カリンのダンジョン配信者としての地位はもはや盤石《ばんじゃく》なものとなっていた。

憧れを目指して一人寂しく暗闇のなかを配信し続けていた頃とは違う。

カリンの配信チャンネルは（本人の思い描くものとは少々違うとはいえ）、見た者を楽しませる正真正銘の人気アカウントへと成長を果たすのだった。

――それがまだまだ飛躍の序章に過ぎなかったなど、どこかの親友以外、いまはまだ誰も知らない。

【お優雅】ダンジョン配信界の超超新星・山田カリンのここ数日の動きまとめ【お上品】

1　通りすがりの名無しさん
・レベル1000の若手最強探索者ゲロ粉砕および翌日の自宅配信でチャンネル登録者50万達成(もとの登録者数は3)

・さらに翌日のダンジョン配信にて、
「中層ボスまで紅茶片手にタイムアタック並の速度で攻略」
「有名中層ボス足切り骸骨の未確認特殊行動と未確認ドロップアイテムの存在を明らかに」
「下層ボスの尻尾を摑んで振り回す」
「ダンジョン壁を素手で粉砕」
「強化種疑惑のある深層モンスターを無傷で討伐」
など数々の伝説をぶちあげる

・それらの切り抜きが軒並み速攻で100万再生突破

・一番伸びている「影狼ボコ」「フィストファックですわ!」「深層イレギュラー討伐」の動画はそれぞれ500万、600万、800万再生突破
※なお切り抜き乱立で累計再生数は不明

・「チンピラお嬢様」「山田カリン」「フィストファックお嬢様」で3日連続トレンド1位獲得

・ほかにも「ダンジョンアライブ」「アニメの影響」「お紅茶RTA」「フェイク動画」「ダンジョンボア大砲」「ミノコプター」などなど様々なワードでここ数日のトレンドを席巻。

・その結果バズから僅か数日でチャンネル登録者数を
120万人増やし、SNSフォロワーも100万人突破。

……いくらなんでもぶっ飛びすぎでは？

2　通りすがりの名無しさん
情報の洪水すぎる……

3　通りすがりの名無しさん
ま、まあそんな大したことないですわ。曲芸攻略の紅茶も下層に到達した途端下手な言い訳しながらやめてしまわれましたし（震え声）

4　通りすがりの名無しさん
なんで紅茶をこぼさず上層中層を
最速突破してるんですかね……

5　通りすがりの名無しさん
あまりのことに結構な数の切り抜き師が「フェイク動画ではありません」「このお嬢様は特殊な訓練を受けています。決して真似しないでください」って注釈を動画の隅につけてたのほんま草

6　通りすがりの名無しさん
ハイエナに良心を芽生えさせるカリン様は
さすがですわね！（思考停止）

7　通りすがりの名無しさん
ここ数日で発生したカリン様語録
「お股を痛めて生んでくれたお母様に申し訳ないと思わねえんですの⁉」

「ちっ、成人探索者のくせにしけてますわねぇ」

「うお゛え⁉」

「ごくごくですわ！」

「これがお優雅なダンジョン攻略ですの！」

「シャルウィダンス！　ですわ！」

「(深層イレギュラーと遭遇して)まさにアニメで観た
展開そのもの!　最っ高の撮れ高ですわ!」
「フィストファックですわ!」

まだ甘いけどもうちょいで打線組めるやろこれ

8　通りすがりの名無しさん
語録打線は「お股」が確実に4番やろなぁ、と思ってたら
フィストファックとかいう大谷レベルのエースで4番が
急浮上してきておハーブですのよ

9　通りすがりの名無しさん
大谷に謝れ

10　通りすがりの名無しさん
すま●こ

11　通りすがりの名無しさん
スレの流れが下ネタに支配されつつあって草

12　通りすがりの名無しさん
カリンお嬢様が悪いですわ!
あんな下ネタ爆弾かまされたら思考がそっちに
引っ張られるに決まってますの!

13　通りすがりの名無しさん
>>12
これは珍しく正論

14　通りすがりの名無しさん
ダンジョンアライブのアニメ配信でフィストファックとかいう
お下品コメント書き込んだヤツが一番の戦犯だから……

15　通りすがりの名無しさん
深層モンスター遭遇とかいう弩級のイレギュラーを
突破した直後に無自覚下ネタはインパクト強すぎたからね、
仕方ないね……

16　通りすがりの名無しさん
そういやカリン様の勘違いの元になったと思しきコメント
つき配信動画の切り抜きが一晩で300万再生いってて草

17　通りすがりの名無しさん
これかwww　『カリンお嬢様の大失態を生んだと思しき
ダンジョンアライブ第25話のコメントシーン抜粋』　→　URL

18　通りすがりの名無しさん
爆速で草

19　通りすがりの名無しさん
戦犯コメントニキいまごろ爆笑しとるやろwwwwww

20　通りすがりの名無しさん
いや深層のモンスター素手でぶっ殺すバケモノお嬢様に
恨まれた可能性考えたら普通にガクブルだろwwwwww

21　通りすがりの名無しさん
戦犯コメントニキ可哀想すぎて大草原

22　通りすがりの名無しさん
コメントニキちょっと品のない下ネタ
書き込んだだけなのにwwww

23　通りすがりの名無しさん
不運すぎるwwww

234　通りすがりの名無しさん
にしてもいくらバズった直後とはいえいきなり同接22万は
ヤバいですわね。ダンジョン配信界隈どころか配信業界
全体で見てもトップクラスではなくて?

235　通りすがりの名無しさん
それ言ったらお吐瀉物様ボコの翌日に自宅配信でいきなり同接5万いってた時点で相当だからな……

236　通りすがりの名無しさん
その自宅配信で言い放った「セツナ様のようなお嬢様になりたいんですの！」でさらに注目集めたところでガチもんのアニメ再現するんだからそりゃあ……

237　通りすがりの名無しさん
なんならアニメ超えてただろwww

238　通りすがりの名無しさん
そんな言うほどか？　みんなここ数日あのお嬢様のこと持ち上げすぎでしょww
1にもちょっとまとめてあるけど、カリンお嬢様なんて所詮は1度のダンジョン配信で紅茶を1滴もこぼさず上層中層RTAしてダンジョンボア大砲でフライキャタピラー群を瞬殺、何十年も知られてなかった中層ボスの特殊行動とレアドロップの存在を明らかにしてウン千万の価値があるその情報を切り抜き完全無料宣言で大拡散、あとはまあ打撃耐性MAXのミノタウロスを壁に叩きつけて倒したり下層ボスの尻尾を掴んで振り回したり強化種疑惑のある深層モンスターをダンジョン壁ごと粉砕（なお上記のすべてをドレス着用かつ一切汚さず）したくらいじゃんwwww

239　通りすがりの名無しさん
バケモノを超えたバケモノ

240　通りすがりの名無しさん
加減しろバカ！

241　通りすがりの名無しさん
そらこんな怪物ルーキーいきなり出てきたらネットがどこもかしこもカリン様一色になるわけですわ……ニヨニヨ動画の総合ランキングトップ10まで全部切り抜きで埋まってたのはさすがにビビりましたの。記念スクショぱしゃぱしゃですわ

242　通りすがりの名無しさん
なおカリンお嬢様は「下層でお紅茶を切らしてしまった
わたくしはまだまだセツナ様に遠く及びませんわ……」と
ツブヤイターで反省を表明しておりアニメを超えた気は
さらさらない模様

243　通りすがりの名無しさん
頭おかしい（褒め言葉）

244　通りすがりの名無しさん
探索者ってのはみんなこのくらい頭のネジが
ぶっ飛んでるんですの……？

245　通りすがりの名無しさん
さすがにカリンお嬢様と一緒にされるのは心外ですわ！

246　通りすがりの名無しさん
まあ日常的にモンスターと命のやり取りしてるんだから
結果的にネジ外れるヤツはそこそこいるだろうけど……

247　通りすがりの名無しさん
あのお嬢様は探索者になる前から
イカれてるっぽいんですがそれは……

248　通りすがりの名無しさん
ナチュラルボーンお嬢様じゃなくて
ナチュラルボーンデストロイヤーやろあれ

249　通りすがりの名無しさん
まさか別スレで見た「自分をお嬢様だと思い込んでる
フィジカル異常者」がここにきて現実味を
帯びてくるとは……

250　通りすがりの名無しさん
ま、まあでも根は良い子っぽいから

689　通りすがりの名無しさん
それにしてもなんでこんなヤバイ子が1年以上
埋もれてたんですの……？
やらせはもう疑ってないですがとにかく不思議ですわ……

690　通りすがりの名無しさん
それはもういろんなスレで結論出てましてよ
あまりにも非現実的すぎてたまに来る視聴者からことごとく
フェイク動画扱い ＆ 即ブラバだったようですの。
直近のアーカイブ該当箇所ですわ　→　URL

691　通りすがりの名無しさん
ああ、これは……なるほど……

692　通りすがりの名無しさん
コメントで無慈悲なフェイク認定食らったお嬢様が
泣きそうな顔で崩れ落ちててマジ可哀想

693　通りすがりの名無しさん
でも俺このフェイク認定ニキのこと責められねえよ……

694　通りすがりの名無しさん
いま拡散中の切り抜き動画コメントでも真偽疑ってる
ヤツが一定数おるくらいやしな

695　通りすがりの名無しさん
残当

696　通りすがりの名無しさん
実際あの恐怖映像の数々は出来のいいダンジョン映画の
予告編とでもいわれたほうが納得できるしな……。
特にダンジョン壁破壊と下層ボスの尻尾持って振り回す
やつは俺もまだちょっと受け止め切れてない

697　通りすがりの名無しさん
これもしかしてゲロフルボッコ事件なかったら
お嬢様ずっと埋もれてた可能性ある？

698　通りすがりの名無しさん
さすがに成人すれば換金素材のヤバさから色々と
発覚してただろうけど……

699　通りすがりの名無しさん
まあなんにせよあと4年は埋もれてた可能性は
かなり高いよな

700　通りすがりの名無しさん
複雑だけど、あのゲロカスにちょっと感謝してる自分が
いるわ……。苦学生疑惑のあるお嬢様が早めに報われて
よかったし俺もあんな面白いチャンネルが追えて幸せだし

701　通りすがりの名無しさん
カリンお嬢様苦学生説は半ば確定みたいなもんだしな。
自宅配信で映ってたお嬢様っぽい家具が全部手作りだって
考察や、使い込まれた水筒に機材関連でのお金ない発言。
あとどうも紅茶を中層で切らしたのは色々節約してたせい
って話もあるし。ゲロの件がなかったらそんな子がいまも
1人寂しく配信してたかと思うとちょっとしんどい

702　通りすがりの名無しさん
マジか……もう申請はしてあるみたいだけど早く審査通って
チャンネルの収益化してほしいわ。あんだけのバケモノ探索者
が紅茶もろくに用意できん生活とかあっちゃならんだろ

703　通りすがりの名無しさん
あの日ボッコボコにされてお嬢様の存在を広めたのが
ゲロ唯一の功績にして善行だな

704　通りすがりの名無しさん
ほんそれ

705　通りすがりの名無しさん
っておい！　ゲロゲロ言われてそういやあのゲロカスいま
どうしてんだろうと思って調べたらなんか配信枠
確保してるぞ!?!?!?!?　→　URL

706　通りすがりの名無しさん
は!?　マジやんけ!?　退院してたのあいつ!?

707　通りすがりの名無しさん
やべ、チャンネル登録なんてしてないから普通に見逃してた

708　通りすがりの名無しさん
お嬢様旋風で完全に忘れてたわ

709　通りすがりの名無しさん
草
あいつどのツラさげて配信するんやwwww

710　通りすがりの名無しさん
煽るネタがありすぎてどれからぶつけるか迷いますわぁwww

711　通りすがりの名無しさん
まさかあいつの配信にここまで心躍る日がくるなんて……

712　通りすがりの名無しさん
みんな同じこと考えてんのかかつてないほど
配信待機が多いぞwwww

713　通りすがりの名無しさん
これは同接増えてゲロも本望やろなぁ

714　通りすがりの名無しさん
っしゃ！　早速ゲロアンチスレに移動ですわ！

▼第21話　エピローグという名の間章――影狼の配信

迷惑系ダンジョン配信者ゲロこと影狼砕牙《かげろうさいが》はその日、無事に退院していた。

山田《やまだ》カリンに粉砕されてからおよそ一週間。

複数の骨折にむち打ち、内臓破裂など色々と重体だったのだが、レベル1000に達した探索者の超人的な治癒力と自前の回復促進薬などを使った治療でどうにか退院にまで漕ぎ着けたのだ。

そして帰宅するやいなや、影狼は速効で生配信の告知を投稿。

苛立《いらだ》ちに顔を歪めながら生配信を開始していた。

目的は当然――卑怯な不意打ちで影狼のプライドを粉々にした山田カリンへの糾弾《きゅうだん》。

あんな不意打ちで本当の実力は決まらないという「解説」だった。

先の騒ぎがよほど注目されているのか、同接待機人数は過去最高。

この数日で散々好き勝手言ってきただろうアンチどもを徹底的に論破してやると、影狼は頭に血を上らせながら配信開始をクリックした。

途端、

〝ごきげんよう影狼様！　ぽっと出の野良お嬢様にボコられた傷はいかがでして？〟

〝ダンジョンで迷子になっていたところをカリンお嬢様に助けていただいてよかったですわね！　こんな幸運なかなかありませんことよ？〟

〝これに懲《こ》りたら爆炎石爆破なんて錯乱《さくらん》行為はおやめになったほうがいいですわ〟

〝まあ！　退院したとは聞いてましたけど、一人でおうちには帰れまして？〟

〝お吐瀉物様の動画にもお嬢様が大量発生しててておハーブ〟

〝お吐瀉物様の配信にしてはコメント欄がお上品でおハーブ畑ですわ〟

〝子供に負けるなんてあなたには失望しましたわ。チャンネル登録は解除させてもらいますさかい、ほな〟

〝お嬢様のなかに大阪のおっさん交じっててておハーブ〟


「てめえらふざけんじゃねえ！」

開始早々、やたらと腹の立つ口調で煽《あお》り倒してくるお嬢様の大群に影狼《かげろう》がブチ切れる。

「あれはちょっとした油断――そもそもあの女の完全な不意打ちだっただろうが！　あれで俺が負けたことになんてなるわけねえだろ！　正々堂々やれば俺が勝つんだよ！」

するとコメント欄には「言うと思ってましたわ」「一瞬の油断が死に繋《つな》がるダンジョンでそれは実質敗北宣言ではなくて？」と反論が飛んでくる。

だがその手の浅いアンチコメへの反論なら病院で死ぬほど練ってきた。

怒りに駆られてつい感情的になってしまったが、まずは予定どおりそこからアンチどもを論破してやる、と影狼は戦意を漲らせる。

が……続けてアンチどもから返ってきたのは予想外のコメントだった。

〝まあ油断したならしょうがありませんわね〟

〝ところでカリンお嬢様の配信はご覧になって？〟

〝影狼様が十分で敗走した深層のモンスター、その強化種らしきものを素手で殴り殺してましたわよ？〟

〝あとダンジョン壁も素手で爆砕しておられましたわ〟

〝お体の弱い影狼様は危険極まりない爆炎石を使わなければ破壊できませんのに……〟

〝そんな人外お嬢様に油断しなければ勝てるなんて影狼様は随分と頭がのんびりしてらっしゃるのね〟

〝お可愛いこと……〟

〝そんな可愛らしい頭ではお股を痛めて生んでくださったお母様に顔向けできませんわよ？〟

「……はぁ？」

怒濤《どとう》の勢いで流れてくる意味不明なコメントに影狼は怒りよりも先に呆れと困惑が先に来る。

「なに言ってんだお前ら。煽《あお》りたいからって適当なこと抜かしてんじゃねえよ。大げさに言いやがって。あんなガキがそんなことできるわけねえだろ」


〝あれ……？　これもしかしてお吐瀉物様……〟

〝あっ……（察し）〟

〝なんでこの方こんなに強気なんでしょうと思ってたらこれは……ｗｗ〟

〝あの……つかぬことをお伺いしますけど、もしかしてネットが使えない病院に入院してらして？〟


「ああ？」

なにやら妙な雰囲気になるコメント欄にいよいよ影狼《かげろう》は訝《いぶか》しげに眉をひそめた。

一体なにを言ってやがんだこいつらは……。

確かに自分は入院してからいままでネット断ちをしていた。

自分がボコボコにされるあの最悪の映像が面白おかしく拡散されてどこもかしこもお祭り騒ぎになっており、配信で反論もできない状況ではストレスが溜まるだけだとふてくされていたのだ。

また、プライドが粉砕された状態ではブラックタイガーのメンバーとも話す気にならず、世間の情報から遠ざかっていた。だがそれが一体なんだというのか。

と影狼が眉をひそめていれば、

￥10000
ほい、先日のカリンお嬢様のダンジョン配信見所まとめ動画ですわ　↓　URL

「マジでなんだってんだ……わざわざ赤スパまでしてなにを……………………………は？」

赤スパと呼ばれる高額の投げ銭とともに送られてきた動画を再生してしばし、影狼はその場で固まっていた。

そこに映っていたのは、先日の配信で山田《やまだ》カリンが行ったトンデモ攻略の数々。

影狼がいま初めて目にする異次元の映像だったのだ。

〝真顔でおハーブ〟
〝わたくしがはじめて切り抜き動画を目にしたときと同じ顔で大おハーブ農場ですわ〟
〝そりゃそうなる。誰だってそうなる〟
〝草〟

〝カリン様のダンジョン攻略を見た外人ニキの反応より面白いですわｗｗｗｗｗ〟
〝お吐瀉物様がカリンお嬢様の攻略風景を初見視聴する瞬間が見られるとかマジで今日の配信来てよかったですわ〜〜〜！〟

「……っ！　てめえら！　手の込んだフェイク動画なんざ送りつけやがってふざけんじゃねえぞ!?　あれだろ、全員で結託して担ごうとしてやがんだろ!?　そうまでして俺が負けたことにしてえかよ!?　そりゃこんな化物じゃなきゃ俺を倒したことにできねえもんな!?」

いや、実際はわかっていた。レベル1000に達した探索者の五感はフェイクなど即座に見抜く。そのトンデモ映像が本物なのは間違いなかった。見ればＳＮＳのトレンドもその話題で持ちきりであり、一部のネット民が可能な悪ふざけの範疇《はんちゅう》を逸脱している。

だがそれでもなお、影狼《かげろう》は山田《やまだ》カリンがわずか一度の配信で行った所業の数々をすぐには信じられなかったのだ。

〝フェイク動画……そう思っていた時期がわたくしにもありましたわ……いやガチで〟
〝まあプライドの塊《かたまり》であらせられるお吐瀉物様でなくとも疑って当然ですわね〟
〝お吐瀉物様これフェイクじゃないって気づいてらっしゃいますでしょｗｗ　声が震えてらしてよｗｗｗｗｗ〟

〝明らかに動揺してる手つきでおハーブ〟

〝お吐瀉物様が現実を受け入れられない無様な場面なのに視聴者お嬢様たちが全員「うんうんそうだよねわかるよ……」ってなってるの面白すぎですわｗｗ〟

〝この期に及んでまだ負けを認めないのはご立派ですが……〟

〝これだけの映像も出ているんですからいい加減認めたらいかがです？　あなた不意打ちとか関係なく十六歳の子供に負けたんですのよ影狼様〟

〝突然の火の玉ストレート〟

〝剛速球お嬢様！〟

〝時速二百キロくらいありそうな罵倒でおハーブ〟

「ふ、ざけんなよお前ら！　だから負けてねえっつってんだろ！」

影狼は全力で吼《ほ》える。だが、

〝まあ！　そんなに怒鳴らなくてもいいじゃありませんの！〟

〝そうですわ！　認めれば楽になりますわよ！　あのカリンお嬢様にボッコボコにされたおかげでほら、同接もこんなに！〟

〝あら、影狼様がどれだけやんちゃなさってもこんな数字にはなりませんでしたのに〟

〝よかったですわね影狼《かげろう》様！　カリンお嬢様のおこぼれでチャンネル登録者数も微増してらっしゃいますわよ！〟

〝明日からはもう迷惑炎上行為なんてしなくてもよさそうですわね！〟

〝提案ですが、カリン様に叱っていただくコラボ配信とかいかがでしょう。影狼様が炎上行為してまで欲しかった数字がきっとごっそり手に入りますわよ？〟

〝お尻ぺんぺん配信なんていいですわね！〟

〝これはチャンネル登録者数爆上がり間違いなしですわ～ｗｗｗｗ〟

〝皆様お待ちになって!?　いくらカリン様が蛮族でもコラボ相手を選ぶ権利はございましてよ!?〟


「こ、このカスども……！　自分が強いわけでもねぇのに調子こきやがって……！」

最早なにを言っても百倍の煽《あお》りになって返ってきそうな状況に影狼は歯ぎしりする。

事前に考えてきた反論などまったく役に立ちそうになかった。

それはひとえに、山田《やまだ》カリンが下手な理屈など容易《たやす》く吹き飛ばす絶対的な実力を見せつけたことに起因する。影狼が不意打ちについていくら巧みに疑義《ぎぎ》を唱えようが、負け犬の遠吠えにしかならないのだ。

こんな予定ではなかった。

今回の配信では不意打ちに関する糾弾《きゅうだん》と山田カリンの実力を疑う指摘をしまくり、それを起点に再戦を申し込むつもりだった。

公の場《ネット配信》で試合を挑むことで逃げられないようにし、今度こそ不意打ちなどできない状況で真正面からリベンジ、地に落ちた名誉を回復する算段だったのだ。

だがいまのこのふざけた状況は……山田カリンが勝負を避けても世間では逃げたなどとは絶対に思われない。子犬に絡まれた絶対強者が「格下を優しくあしらった」としか思われないだろう。

そもそもこの映像が本当ならば、ただ挑んだだけでは結果など目に見えていた。

「～～～！　クソが‼」

最早当初の予定を果たすどころではない。

ひたすら煽られるだけの配信をさっさと切り上げた影狼は、送られてきた山田カリンの映像に改めて歯ぎしりする。その表情には激しい苛立《いらだ》ちが渦巻き、いまにも血管が切れてしまいそうだ。

ズタズタにされたプライドをすぐには回復できない現状に液晶をぶち破りそうになりながら……しかしその目はネット民から送りつけられた映像を凄まじい集中力で睨《にら》みつけていた。

「……落ち着け。このあり得ねぇ強さ、絶対になにかカラクリがあるはずだ……！」

でなければいくら突出した才能があろうとわずか十六歳でこんな馬鹿げた芸当ができるはず

がない。

強力なユニークスキルや特級マジックアイテム併用のコンボなど、なんらかの裏技を隠し持っていることは間違いなかった。

「それを解き明かして対策して、時間と金をいくら費やしてでも真正面から潰してやる……！」

ぽっと出の子供にやられたなどという汚名を返上するのだ。

絶対に。なんとしてでも。

そうして影狼《かげろう》はネットでバズっているカリンの動画をくまなくチェックし保存したあと、少しでも相手の詳しい情報を得るべく今度はカリンのチャンネルのアーカイブを一から順に視聴しはじめるのだった。

もちろん、癪《しゃく》なのでチャンネル登録やＳＮＳのフォローなどはしないまま。

【最強無敵の】カリンお嬢様についてふと思ったんだが【お嬢様!】

1　通りすがりの名無しさん
そういえばカリンお嬢様の視聴者を指すファンネームってありませんわよね? 乙カリンってオリジナルの挨拶はあるんだし今回のトンデモ配信で根強いファンもついただろうし早速だけどファンネーム欲しくない?

2　通りすがりの名無しさん
確かに
武家出身配信者の光姫様ファンを「郎党」って呼んだり
ゲロにスパチャしてるバカを「スカベンジャー」
「スカトロー」っていうみたいにファンネームはあったほうが便利ですわね
実際カリンお嬢様がファンネームを使うかは別にしてなんか考えてみましょうですわ!

3　通りすがりの名無しさん
いやおいちょっと待てwww
なんか聞き捨てならんワードが並んでんぞwww

4　通りすがりの名無しさん
ゲロの視聴者そんな呼び方されてるのかよww
いやまああんなゲロカスにスパチャして調子乗らせてる連中なんてそんな呼び方でいいだろうけどもwww

5　通りすがりの名無しさん
スカトローってなんだよwww
アウトローみたいに言うなwww

6　通りすがりの名無しさん
ああそれそういう意味かww

ただお下品なだけじゃなく反社会的なゲロファンの
人間性ともかかっててお八ーブですわw

7　通りすがりの名無しさん
スカトロはゲロとはちげーよ！　って思ったけど影狼あいつ
最近「お吐瀉物様」呼ばわりされてて吐瀉物はゲロだけ
じゃなくて下も含むから間違ってないと気づいて笑ってる

8　通りすがりの名無しさん
光姫様の綺麗な名前とちゃんとしたファンネームの下に
そんなもん書くんじゃねーですわ！

9　通りすがりの名無しさん
ちょ、ちょっとお待ちになって皆様！？
ここはカリンお嬢様のファンネームを考えてみようって
立てたお上品なスレですわよ！？
ばっちい話題はダメダメですわ！？

10　通りすがりの名無しさん
2に話題乗っ取られててお八ーブ

11　通りすがりの名無しさん
諦めろいっち……
スレの流れは2が決めるもんだからな……

12　悪意はなかった2
い、いやすみませんですわ！？
そんなつもりはなかったんですの！
カリンお嬢様のファンネームですわよね！？
お嬢様部、カリニスト、山田一家とかいかがですの！？

13　通りすがりの名無しさん
やらかした2が頑張って軌道修正しようとしててお八ーブ

14　通りすがりの名無しさん
仕方ない流れを元に戻してやるかですわ
それじゃあ……山田組とかいかがですの?

15　通りすがりの名無しさん
>山田組
チンピラ通り越してヤーさんでおハーブ

16　通りすがりの名無しさん
それじゃ「おハーブ」が別の意味に聞こえちゃうだろ!

17　通りすがりの名無しさん
カリンお嬢様じゃなくてカリンお嬢は草

18　通りすがりの名無しさん
草(意味深)

19　通りすがりの名無しさん
またスレが怪しい方向にぶっ飛んでますわよ!

20　通りすがりの名無しさん
カリンお嬢様本人が変な方向にぶっ飛んでばかりだから
ファンスレも変な方向にぶっ飛んで当然ですわ!

21　通りすがりの名無しさん
うーん、それじゃあ光姫様のファンネーム「郎党」に
あやかって「カリン党」とかどうですの?

22　通りすがりの名無しさん
お?

23　通りすがりの名無しさん
あれ?　よくない?

24　通りすがりの名無しさん
お茶菓子にもなるカリントウともかかってて可愛いですわ!?

25　通りすがりの名無しさん
あとアレですわね!
下手にマカロンとかエクレアとかオシャレかつ垢抜けた
お菓子じゃないのがカリンお嬢様っぽくていいですわね!

26　通りすがりの名無しさん
でもよ……なんかスレの最初に影狼の視聴者ネームを
聞いちゃったせいでなんかこう、具体的にナニとは
言わないけどお上品じゃないものに見えてくるというか……

27　通りすがりの名無しさん
それ以上いけない

28　通りすがりの名無しさん
お前……いまカリントウをバカにしたか?

29　通りすがりの名無しさん
せっかくいい感じのファンネームが爆誕したのにマジで
2の残した傷跡がでかすぎるww

30　通りすがりの名無しさん
これもう2はフィストファック書き込みニキに次ぐ
戦犯だろwww

31　悪意はなかった2
やめやめ!　これ以上はそこ掘り下げちゃダメですわ!

32　通りすがりの名無しさん
2がスレ主より必死でおハーブ

33　通りすがりの名無しさん
まあでも2のアレコレを抜きにしたら割といいんでない?

配信で採用してもらうかは別にしてわたくしは
これ自称したいですわ!

34　通りすがりの名無しさん
実は最初にカリンお嬢様が自分の名前間違えて「カレン」
とか言い出してからどっちが本当の名前かたまにごっちゃに
なってたんですがこのファンネームなら覚えやすくて
助かりますわー!

35　通りすがりの名無しさん
わたくし今日からカリン党でしてよ!

36　通りすがりの名無しさん
わたくしもですわー!

37　通りすがりの名無しさん
なんか2のやらかしからは想像できんくらい
綺麗に着地してておハーブ

38　通りすがりの名無しさん
(本当に綺麗か……?)
というのはさておき1が望んだとおりなんかいい感じの
名前ができてよかったですわ!

39　悪意はなかった2
よかった……よかった……

あとがき

このたびはお嬢様系配信者（以下略）をお買いいただきありがとうございます。

はじめましての方ははじめまして。赤城大空《あかぎひろたか》、またの名をドラゴンタニシと申します。

さて今回の作品ですが、書き始めたきっかけはいわゆる「ダンジョン配信モノ」にはまったことがきっかけでした。いやね、これがめちゃくちゃ面白かったんですよ。特に感銘を受けたのは掲示板や動画コメントの書き込み部分。言ってしまえば主人公に対するモブのリアクションなんですが、これがネットの書き込みというフィルターを通すと世界観説明が説明セリフではなくなるしユーモアも交えやすいしテンポよく読みやすいしと、前々からある表現なんですが改めてその魅力に取り憑かれ、ちょうどスケジュールに余裕があるときに一気に書いてWEBに投稿した次第になります。

そして思いのほか人気が出たことで書籍化へと至ったわけですが、この人気というのがかなり特殊でして。周回してくれている方が多数いたようで後半話数のほうがPV数多かったりコメント数がヤバいことになってたりと、なんとも変わった挙動をしまくっておりました。加えて担当編集様も本作を読んで「これはおハーブ」となった結果、十月は既に淫魔追放というほか作品の刊行が決まっていたにもかかわらず同レーベルでの爆速同月発売という異例の事態となったのです。既に三作並行してたのにこれは本当に異例でかなり驚きましたね……。

繰り返しになりますが、それもこれもすべてはＷＥＢで応援してくださった皆様のおかげです。いやほんと応援の質が濃いというか、お嬢様バズは本作を見つけて応援してくださった皆様の熱量でここまでやってこれました。毎回かなりの数寄せられる応援コメントも非常に楽しく読ませていただいており、なかには「カリン党」というファンネームを考えてくださる方がいたりと色々な意味で助けられております。

本当にありがとうございます。これからも応援していただけると嬉しいです。

というわけで、引き続き謝辞です。

既に三作担当してくださっているにもかかわらず追加でお嬢様の出版も爆速決定してくださった担当様。色々とお世話になっているなかかなりの強行軍で書籍化を実現していただきありがとうございました。

そして唐突な依頼に答えてくださったうえにこんなにも可愛らしく魅力的なカリンお嬢様たちを描いてくださった福《ふく》きつね様。本当にありがとうございます……っ！

さて今回の一巻は実はまだ「一巻前編」のようなもの。カリンお嬢様の隠された能力やさらなる大暴れなど二巻も盛りだくさんですので、期待していただけますと幸いです。カクヨム様には続きも掲載されているので、気になる人はチェックしてみてもいいんじゃないかな……？

それでは、駆け足になりましたが、よろしければまた二巻でお会いしましょう。

ガガガ文庫10月刊

淫魔追放3 ～変態ギフトを授かったせいで王都を追われるも、女の子と“仲良く”するだけで超絶レベルアップ～

著／赤城大空《あかぎひろたか》

イラスト／kakao《カカオ》

アリシアや屈強な女傑たちと仲良し（隠語）しまくりながらレベルアップしていくエリオは、ダンジョン都市サンクリッドで獣人ソフィアと出会う。彼女の闇が街を呑み込むとき、エリオの淫魔力は更なる高まりを見せ……？

ISBN978-4-09-453150-3（ガあ11-31）　定価792円（税込）

公務員、中田忍の悪徳7

著／立川浦々《たちかわうらうら》

イラスト／棟蛙《おうちかえる》

『耳島』で起きた鮮烈な事件と隠された事実は、忍たちの関係に小さくない影響を及ぼしていた。蛮勇に走る環、絶望に沈む由奈、暗躍するアリエル、そして何も知らされない中田忍の間に、終演の舞台風が吹く。

ISBN978-4-09-453151-0（ガた9-7）　定価891円（税込）

塩対応の佐藤さんが俺にだけ甘い8

著／猿渡《さわたり》かざみ

イラスト／A《あ》ちき

冬休み明け。とある事情で円花は佐藤さんたちの学校に通うことに。波風立てたくない蓮だったが、佐藤さんの思い込みが炸裂し……「蓮君と円花ちゃん、付き合ってるんです」最悪の爆弾発言が幼馴染の関係を変える!?

ISBN978-4-09-453152-7（ガさ13-11）　定価858円（税込）

双神のエルヴィナ4

著／水沢《みずさわ》 夢《ゆめ》

イラスト／春日《かすが》 歩《あゆむ》

トゥアールによってこの世界の真実が明かされる。そして、照魔とエルヴィナは心を繋ぎ、創造神に最も近い女神・ディスティムとの究極の戦いに挑む!!　全てが結ばれ、全てが繋がる――新世代の女神バトル・第四弾!!

ISBN978-4-09-453153-4（ガみ7-30）　定価858円（税込）

帝国第11前線基地魔導図書館、ただいま開館中

著／佐伯庸介《さえきようすけ》

イラスト／きんし

人類と魔族が戦い続ける世界。勇者や魔導具に続き、ついに『魔導書』の兵器利用に手が伸びる……それに一人抗うのは、軍基地図書館を任された、筋金入りの司書だった！　女司書が抗う、戦場の魔導書ファンタジー。

ISBN978-4-09-453155-8（ガさ14-1）　定価858円（税込）

【悲報】お嬢様系底辺ダンジョン配信者、配信切り忘れに気づかず同業者をボコってしまう けど相手が若手最強の迷惑系配信者だったらしくアホ程バズって伝説になってますわ!?

著／赤城大空《あかぎひろたか》　イラスト／福《ふく》きつね

「お股を痛めて生んでくれたお母様に申し訳ないと思わねぇんですの!?」迷惑系配信者をボコったことで、チンピラお嬢様として大バズり!?　おハーブすぎるダンジョン無双バズ、開幕ですわ！

ISBN978-4-09-453157-2（ガあ11-32）　定価792円（税込）

楽園殺し4 夜と星の林檎

著／呂暇郁夫《ろかいくお》

イラスト／ろるあ

惨劇に終わってしまった周年式典。ロロ・リングボルド率いる第一指揮が大規模掃討戦に乗り出すその裏で、シーリオたち第七指揮もまた、奪われたものを取り戻すべく独自に動き出す。

ISBN978-4-09-453154-1（ガろ1-5）　定価1,001円（税込）

GAGAGA

ガガガ文庫

【悲報】お嬢様系底辺ダンジョン配信者、配信切り忘れに気づかず同業者をボコってしまうけど相手が若手最強の迷惑系配信者だったらしくアホ程バズって伝説になってますわ!?

赤城大空

発行　2023年10月23日　初版第1刷発行

発行人　鳥光 裕

編集人　星野博規

編集　岩浅健太郎

発行所　株式会社小学館
〒101-8001 東京都千代田区一ツ橋2-3-1
［編集］03-3230-9343 ［販売］03-5281-3556

カバー印刷　株式会社美松堂

印刷・製本　図書印刷株式会社

Printed in Japan ISBN978-4-09-453157-2